サムライでござる

作　広瀬寿子　絵　曽我　舞

童話館出版

子どもの文学●青い海シリーズ・22

サムライでござる

もくじ

サムライでござる

作　広瀬寿子　絵　曽我舞

1　馬に乗ってきた少年

遠くから、たいこの音が聞こえてきた。武者行列《むしゃぎょうれつ》のざわめきが近づいてくる。

哲也が思わず立ちあがると、弟の健二が笑った。

「中学生になったらもう行かへんて、言うとったんやないのか」

哲也は、すまして答えた。

「やっぱりぼくが行かんと、もりあがらんさかいな。健二、お前もこい」

おじいさんは、ふたりにうなずいた。

「ほんなら、日向守《ひゅうがのかみ》どのに、よろしゅうにな」

明智日向守光秀《あけちひゅうがのかみみつひで》。戦国時代の武将である。

ここ亀岡市では、毎年五月三日に、光秀を奉《まつ》る武者行列を行う。

亀岡市は、京都市の北西二十キロのところにある城下町《じょうかまち》だ。市の中央には、光秀《みつひで》の築《きず》いた亀山城の跡《あと》がある。

光秀は、織田信長《おだのぶなが》を本能寺《ほんのうじ》で討《う》った武将として有名だ。一五八二年、光秀の軍勢《ぐんぜい》は、この亀山城から、老ノ坂峠《おいのさかとうげ》をこえて、京都の本能寺に向かったといわれている。

哲也と健二はかけだした。たいこのひびきが大きくなる。西光寺《さいこうじ》の角《かど》で、武者行列《むしゃぎょうれつ》に出会った。

パトカーを先頭に、にぎやかな、たいこばやしのトラックがやってくる。槍《やり》をささげ持った少年隊の、衣装の水色があざやかだ。なぎなたをこわきにかかえた女武者《おんなむしゃ》たちに守られ、光秀の奥方《おくがた》のこしが通る。

騎馬武者《きばむしゃ》の先頭は光秀だ。かがやくような白馬にまたがっている。桔梗紋《ききょうもん》のついたかぶとをかぶり、よろいの上には、まぶしい黄金色《こがねいろ》の陣羽織《じんばおり》を着て、堂々《どうどう》と胸をはっていた。

つづく馬上のサムライたちも、よろいかぶとに身をかためた、明智《あけち》の重臣《じゅうしん》たちだ。明智秀満《あけちひでみつ》、明智治右衛門《あけちじえもん》、斎藤利三《さいとうとしみつ》、溝尾庄兵衛《みぞおしょうべえ》。それぞれ名前を書いたのぼり旗《ばた》を、背にさしている。ぜんぶ、哲也の知っている名前だ。おじいさんに教えてもらったのだ。哲也のおじいさんは、もと、高校の日本史の先生で、光秀のことにはくわしい。

騎馬武者のそばを歩いているのは、哲也たちのお父さんだ。お父さんはサムライ姿ではない。桔梗紋をそめぬいた水色のハッピを着て、ネクタイをしめている。市の商工観光課に勤《つと》めているので、世話係として、行列につきそっているのだ。ところどころに、警官の姿も見える。

「いちばんうしろの馬に乗ってはるの、西田のおっちゃんやで」

と、健二が言った。

親戚《しんせき》の西田のおじさんは、めずらしくまじめな顔をして、馬の上にふんぞり返っている。騎馬武者や女武者は、毎年、公募《こうぼ》で決まる。亀岡市に住む者なら、だれでも申しこめるのだ。

重臣たちのあとは、黒装束《くろしょうぞく》の少年忍者隊だ。

つづいて、鉄砲組《てっぽうぐみ》、槍組《やりぐみ》のサムライがやってくる。

ふいに健二が、哲也のそでを引っぱった。

「空」と言う。

哲也が見あげると、それまで晴れていた空に、灰色の雲がひろがりかけていた。ふたつ年下の、この弟は五年生だが、中学生の哲也より、よく気がつく。

哲也たちは、見物人のあいだをすりぬけて、行列の前のほうへかけていった。

空模様《そらもよう》を気にしながら歩いている、お父さんが見えた。

行列の先頭は、北町の商店街をぬけ、大通りを横切って、城跡《しろあと》に近い内丸町《うちまるちょう》にはいっていく。

騎馬武者《きばむしゃ》が大通りへさしかかろうとするところで、つきそいの警官は、いったん行列を止めた。

馬が安全に道を横切れるように、左右に目を配っている。

しだいに暗さを増していた空は、そのとき、一面の黒い雲におおわれてしまった。

あたりは急に暗くなった。

遠くで雷のような音が聞こえた。と思うと、突然、するどい稲妻《いなずま》が光った。

あたりが、一瞬《いっしゅん》パッと明るくなり、すこしたって大きな雷が鳴った。

馬上のサムライたちは、さすがに姿勢を崩《くず》さなかったが、見物人たちはざわざわして、ささやきあう者や、帰りかける者もいた。

つづいてパーッと稲妻が、あたりを照らした。

とたんに、空がわれそうな音が走り、ドーンと、たたきつけるような、ひびきがおこった。

一頭の馬がいななないて、前足を高くあげた。馬上のサムライは、ずり落ちそうになって、あわてて手綱《たづな》を引きしめた。馬の口取《くちと》り役《やく》は、びっくりして馬に飛びついたが、三角の陣笠《じんがさ》がぬげて、背中にずり落ちた。

「雷、落ちたんとちがうか」

「お城の森やろか」

みんな口ぐちに言って、森のほうへ首をまわした。行列は止まったままになった。にぎやかにひびいていたたいこも、鳴りをひそめた。暗いなかで、次の雷を待ってでもいるかのように、あたりはシーンと静まり返ってしまった。

そのときだった。どこからともなく現れた一頭の馬が、大通りを横切って走ってきたかと思うと、騎馬武者たちの前に、立ちはだかるように止まった。

雲が切れ、さーっと一筋《ひとすじ》、太陽の光がさした。黒馬に乗った少年の姿が、スポットライトのような光のなかに浮かびあがった。白っぽい着物を着て、袴《はかま》をはき、腰《こし》に刀をさした、りりしい少年武士であった。

先頭の〝光秀《みつひで》〟も、後続《こうぞく》のサムライたちも、ぎょっとしたようにそれを見た。

黒馬の少年武士は、ひらりと馬をおりた。

「ちょっと、ちょっと！」

警官が走り寄ったが、少年武士はそれを無視して、〝光秀《みつひで》〟に一礼した。

「おたずね申す。いずれの御家中《ごかちゅう》であられるか」

警官は、哲也のお父さんをふり返った。

「江藤さん、なんぞ、こういうアトラクションをやることになってましたんか」

江藤さんと呼ばれた哲也のお父さんは、あわてて首をふった。

少年武士は、馬上の〝光秀〟をするどい目で見あげた。

「お答えいただきたい」

〝光秀〟は、目をぱちぱちさせた。すぐうしろの〝明智秀満《あけちひでみつ》〟が、前へでてきた。

「なんやね、この子」

少年武士は、よくとおる声で名のった。

「それがしは、明智日向守《あけちひゅうがのかみ》、家臣《かしん》、稲葉小太郎《いなばこたろう》と申す。おのおのがたは、いずれの御家中か、おたずねいたしたい」

〝光秀〟と〝秀満〟は、馬の上で顔を見あわせた。

「どこのもんやて、聞いとるで」

「うん、聞いとる。ま、とりあえず、答えないかんやろ」

そこで〝光秀《みつひで》〟は、ぴんとはったひげをしごき、大きな声をはりあげた。

「ややあ、われこそは、明智惟任日向守光秀《あけちこれとうひゅうがのかみみつひで》なるぞ」

少年武士は、さっと顔色を変えた。腰《こし》の刀に手をかけ、顔をひきつらせた。

「なんと言われる。なにゆえ殿《との》の名をかたり、このような、きみょうな行列のなかにおられるか」

そう言いながら、うしろにつづくサムライたちに目を走らせ、彼らが背中にさしているのぼり旗《ばた》に、はっと息をつめた。旗には、それぞれの名が書かれ、風にはためいていた。

明智秀満《あけちひでみつ》、明智治右衛門《あけちじえもん》、斎藤利三《さいとうとしみつ》……。

「あのう……、いったいなんのつもりや、あんた」

少年武士のほうへ進みでた警官の眼鏡《めがね》が、きらりと光った。

「武者行列《むしゃぎょうれつ》の人やなさそうやけど、どこからきはったんや？」

哲也のお父さんもたずねた。お父さんにも雲の切れまの光がさして、眼鏡がきらっと光った。

少年武士は、警官とお父さんに初めて目をとめ、体をかたくして叫《さけ》んだ。

「そ、そなたたちは、キリシタン・バテレンか」

「キ、キリシタン・バテレン！」

お父さんはめんくらったが、そばで見ていた哲也たちも驚いた。

「なんちゅうこと、言いよるねん」

空全体が、さーっと明るくなった。少年武士は、まわりにいる観光客たちに気づいた。子どもが自転車で横をすりぬけたのを見て、目をむいた。なにか言おうと口を開けたが、ガクガクさせただけだった。

〝秀満〟の馬の口取《くちと》り役《やく》が、三角の陣笠《じんがさ》をぬいだ。さっきずり落ちたのを、きちんとかぶり直すためだ。少年武士は、口取り役の頭を見た。笠の下は、もちろん、ちょんまげではなかった。ふつうに髪を七三《しちさん》に分けた、おじさんの頭だった。少年武士は、あっと息をのんだ。

行列のうしろのほうが、ざわざわと騒がしくなってきた。

「なんぞ、ありましたんか？」

と、聞く声もした。

突然、たいこがドドンと鳴りだした。

少年武士は、びっくりして飛びあがり、ぐっと馬の手綱《たづな》をにぎりしめた。

「こ、これは……。ここは、いったい……」

うわごとのように、そう口走ったかと思うと、パッと黒馬に飛びのった。

取り囲んでいた見物人たちは、あわてて道を開いた。

少年武士は馬の腹《はら》を蹴《け》り、馬は一目散《いちもくさん》に大通りへ向けてかけだした。

「なんのこっちゃ」

哲也と健二も、あっけにとられて見送った。少年武士が大通りへで、すぐ先の三差路《さんさろ》をかけぬけようとしたとたん、キキーッと、自動車のブレーキの音が聞こえ、ドーンと、もののあたる音がした。

伸《の》びあがった哲也の目に、さっきの少年武士が高く跳《は》ねあがって、地面にたたきつけられるのがうつった。

哲也と健二は走りだした。それより早く警官が走っていた。お父さんも走っていた。大通りにいた世話係の人たちも、かけ寄ってきた。

少年は、道路にうつぶせに倒れたまま、動かなかった。哲也のお父さんが、かがみこんだ。黒馬もいっしょに倒れていて、足を動かしてもがいていた。

はねた車から若い男の人が飛びだしてきたが、動かない少年を見ると、青ざめて立ちすくんだ。

警官はトランシーバーを取りだし、すばやくどこかへ連絡をとった。

すぐに何人かの警官がかけつけてきた。

観光客は遠まきに見ていた。

哲也と健二は、倒れている少年武士のひたいに、血のにじんでいるのを見た。

まもなく、救急車がきた。救急隊の人は、少年のようすを調べて、担架《たんか》に乗せた。

車に運ばれるとき、少年がすこし手足を動かしたので、哲也はほっとした。

「生きとる」

哲也のお父さんが、救急隊の人に言った。

「市役所の江藤です。西町の中村外科へお願いします」

中村外科の院長は、哲也のおじいさんのいとこだ。病院は、哲也の家からもそう遠くない。

「ほんなら、江藤さんもいっしょに乗ってくれはりますか」

哲也のお父さんは、ちょっと困った顔をした。武者行列《むしゃぎょうれつ》は、まだ途中なのだ。

「この子、武者行列《むしゃぎょうれつ》の出演者《しゅつえんしゃ》とちがいますのか」

救急隊の人は聞いた。サムライ姿を見れば、そう思うのもむりはなかった。

「あとは引きうけました。行ってきてあげてください」

ほかの世話係の人たちが、そう言った。それで哲也のお父さんは、意識不明の、わけのわからないサムライといっしょに救急車に乗り、サイレンをひびかせて、行ってしまったのだった。

倒れた馬を乗せるために、軽トラックがきた。警官や市役所の人たちが集まって、

「こら重たいわ。寝とる馬いうのは、なんちゅう重さや」

と、力《りき》みながら、大勢でかつぎあげた。

哲也と健二はそばに立って、まっ黒な美しい馬が、ぐったりして運ばれていくのを見ていた。

やがて武者行列は動きだした。ドドン、ドドンとたいこは鳴りひびき、町はまた、にぎやかになった。空もすっかり晴れわたり、なにごともなかったように、亀岡春祭りはつづけられたのだった。

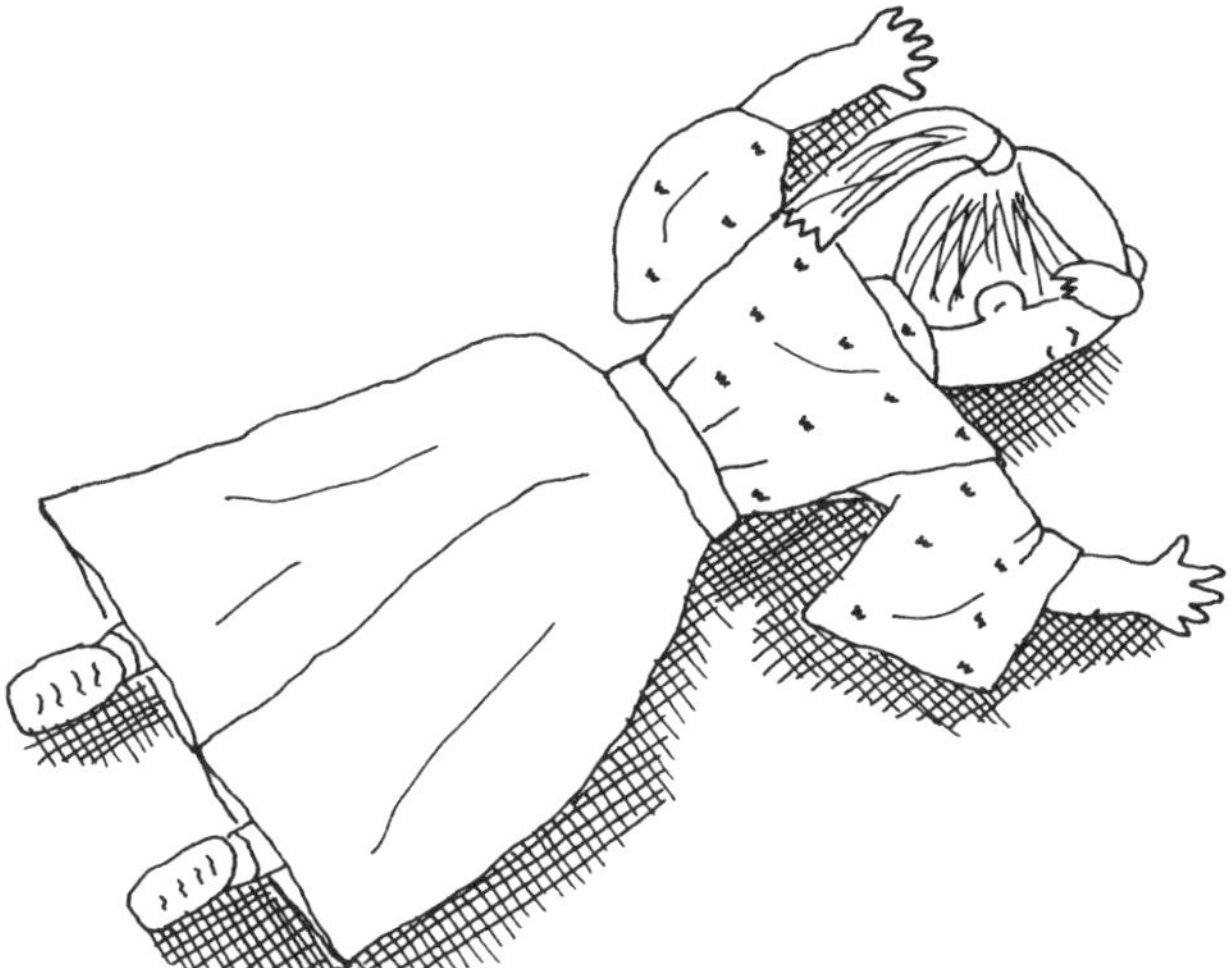

2　サムライごっこ

哲也と健二が家に帰ると、きみょうな少年の事故のニュースは、もう江藤家にも伝わっていた。

「お父さんがどないしてはるか、もうちょっとしたら、ようす見てきてくれる?」

と、お母さんは昼食のしたくをしながら、哲也に言った。

午後、哲也と健二は中村外科へ行った。玄関《げんかん》のドアは閉まっていた。きょうは祭日で、病院は休診《きゅうしん》なのだ。横手の「救急用入り口」からふたりははいった。

中村院長は、ふたりのおじいさんのいとこだし、中村老《ろう》先生の息子《むすこ》の博《ひろし》先生は、やっぱり外科医で、哲也のお父さんと親しい。病院は、このふたりの先生でやっていて、いそがしいときは、臨時《りんじ》の先生が、応援にきている。

去年、おじいさんが足の骨を折って、ここに入院したとき、哲也は毎日見舞いにきて、看護

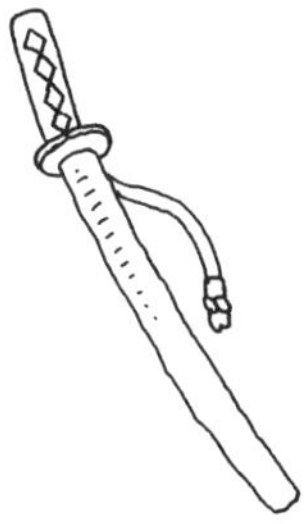

師の南さんと仲良しになった。

哲也と健二が、外来用のスリッパにはきかえていたら、うしろで声がした。

「お、きてくれたか」

お父さんだった。

「お父さんな、あっちこっち電話せんならん。病室に今、だれもおらんよって、お前ら、ちょっと見とってくれんか。そこのつきあたりの三号室や」

そう早口に言うと、ポケットをさぐりながら、待合室の電話のほうへ行ってしまった。

受付の窓口にはカーテンがおりていて、先生も看護師さんの姿もなかった。

トイレの横を通っていくと、検査室のとなりに、三号室という札《ふだ》が見えた。

小さくノックしてみたが、返事はなかった。

哲也が、まず首だけ入れてようすをうかがうと、壁《かべ》ぎわのベッドに人の寝ているのが見えた。

哲也はあごをしゃくって健二に合図《あいず》し、足音をしのばせてなかへはいった。

あの少年が、目を閉じて横たわっていた。ひたいから左目の上に大きなガーゼがあててあり、はちまきのように包帯《ほうたい》がしてあった。

「ちょんまげ、ほどいてある」

と、健二が哲也の耳もとにささやいた。

「カッパの皿みたいに、頭のてっぺん、そってあるで。あのちょんまげ、かつらやなかったんか」

「まげ、ほどいたら、さらし首の髪型や」

「これ、ほんまに、あのサムライか」

眠っている少年は、あの黒馬にまたがったサムライより、ずっと幼く見えた。

左手にも包帯が巻いてあり、胸《むね》から下は、白いカバーのかかった毛布におおわれている。

ベッドの下に、ぞうりが一足、きちんとそろえてあった。

「お兄ちゃんくらいの年かなあ。もうちょっと上、中学二年か、三年くらいにも見えるなあ」

「なんのつもりで、こんなかっこうしてきよったんやろ。行列に出演《しゅつえん》申しこみして、年令制限ではずれたんかな。騎馬武者《きばむしゃ》は、二十五才以上やて聞いたで」

「それでもでとうて、飛び入りにきたとか」

「けど、ここらのやつやないな。こんな髪型で通える学校なんか、あらへんで」

ふたりが顔をくっつけあって、こそこそささやいていると、突然、ベッドの少年がぴくっと体を動かした。ふたりはぎくっとして口をつぐんだ。

けれども、それだけで、まだ少年は眠っていた。

「のんきなやつや。よう寝とる。こないな、けがしとるくせに」

「気絶しとるのやないか」

「意識不明の重体《じゅうたい》て、いうやつか」

「それにしては、中村先生も看護師さんも、いはらへんで」

「お父さん、遅《おそ》いな」

哲也は、ドアのほうをふり返った。

「役所やら、こいつの家やら、連絡せんならんのやろ」

「こいつ、寝とるのに、身もとわかったんやろか」

「それがしは、なんとか小太郎、言うとったな。それがしいうたら、自分のことやろ?」

「そうや。明智《あけち》のカシンや、言うとった」

「家来《けらい》か」

「なんでそんなこと、言いよったんやろ」

「そこがわからん」

「芝居が好きなんとちがうか」

「演劇部《えんげきぶ》か」

「馬に乗るのがうまいさかい、馬術部《ばじゅつぶ》」

「中学校に馬術部あるか」

「高校生かもしれんで」

健二が、哲也のそでを引っぱった。

「あれ、刀やないか」

ベッドわきのサイドテーブルの上に、一本の長い刀が置いてあった。

哲也が近づこうとすると、健二が止めた。

「お兄ちゃん、やめとき。あぶないで」

「ほんまもんのわけないやろ。竹光《たけみつ》や」

「竹光て?」

「中身は竹や」

哲也が手を伸《の》ばして、刀にさわろうとしたとたん、

「なにをする！」

するどい声がひびいたので、ふたりともおったまげ、哲也はひっくり返って、床《ゆか》にしりもちをついてしまった。ベッドの上の少年は目を開け、体を起こそうとして、「うっ」とうめいた。

「ちょ、ちょっと、静かに静かに」

哲也は、ベッドに走り寄って少年を支えた。

少年はまた、ベッドに横たわると、ぼんやり目を開けたまま、しばらく天井《てんじょう》を見ていた。それから、はっと気づいたように首をまわして、あたりをながめた。

首を動かしたとき、どこか痛んだとみえて、顔をしかめたが、急に包帯《ほうたい》の下から、かっと目を見開き、毛布を跳《は》ねのけた。

少年の長い髪の毛が、バサリと枕《まくら》の上にひろがった。

「起きたらあかん」

哲也は少年の肩をおさえた。少年は、哲也と健二をじっと見た。

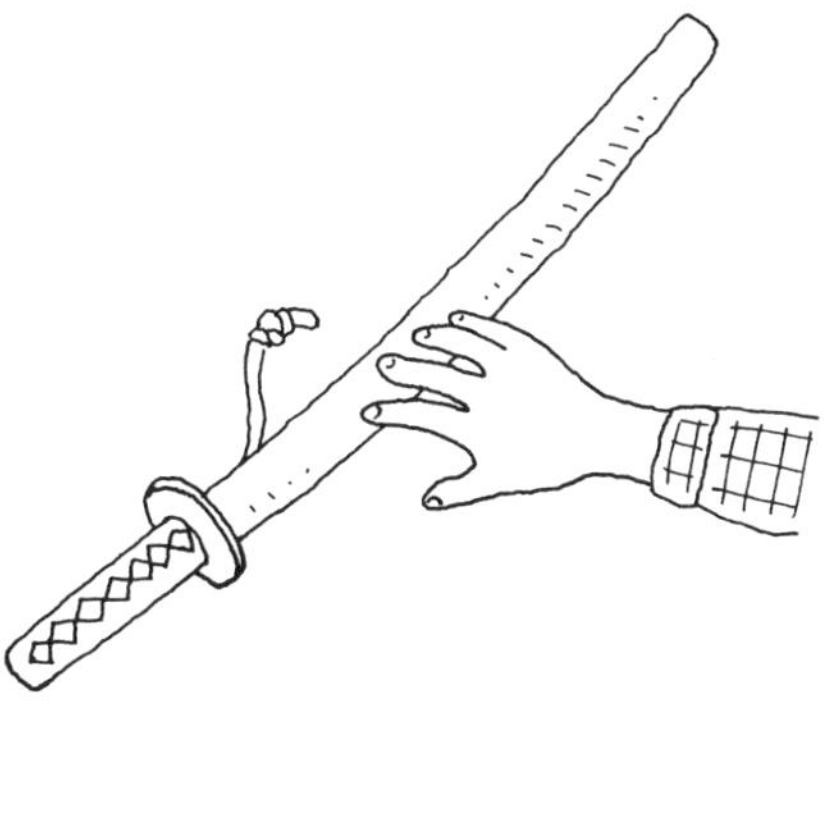

そしてつぶやいた。

「これは……夢であろうか」

哲也は、少年が安心するように、にっこりしてみせた。

「夢やあらへん。きみは、車にはねられたんや。覚えてへんか。意識不明になって、ここへ運ばれたんやで」

「ここは……ハライソなのであろうか」

「えーっ？」

びっくりしたとたん、哲也は大きなしゃっくりをしてしまった。

「お兄ちゃん、ハライソて、なんや」

健二が、哲也の背中をつついた。

「よう知らんけど、ヒック。昔、キリシタンが、天国のことを、ハライソ言いよったんやないか」

哲也はしゃっくりしながら、小声で答えた。

「そうか。さっき、お父さんのことを、キリシタン・バテレンか、言うて聞きよったもんな。お兄ちゃん、バテレンてなんや？」

「宣教師、ヒック」

哲也は少年を気にして、胸《むね》をおさえてみたが、しゃっくりは止まらなかった。

「ここは、どこなのであろう」と、少年は、またたずねた。

「ハライソなんちゅうとこではないよ。ヒック。ここは、ぼくとこの親戚《しんせき》の病院や。なにも心配いらん。静かに寝とったら、もうじき家の人が、迎えにきてくれはるよ。今、お父さんが電話かけに行ってるさかいにな」

少年は、おびえたような目をした。哲也の言うことが理解できなかったみたいで、なにか言いかけ、思い直したように口をつぐんだ。

哲也のしゃっくりだけが、しんとした病室にひびいた。

しばらくだまっていてから、少年は口を開いた。

「わからぬ。ここは……どこなのであろう」

（しつこいやつやな。）

哲也は、少年としゃっくりに、ちょっと腹《はら》をたてた。

「そやから、病院や言うてるやろ。亀岡の西町の中村外科」

「亀岡？　亀山ではないのか」

「昔は亀山て、言うたらしいけど」

「昔？」

少年は不安そうな顔をして、だまってしまった。

「ぼく、お父さん、呼んでくる」

健二はドアを開けて、かけだした。

少年は、思い出したように聞いた。

「新月《しんげつ》は、いかがいたしたであろう。そなた、新月を知らぬか」

哲也はあきれた。

（事故をおこして入院したいうのに、まだサムライごっこしとる。）

「新月て？」

「馬でござる。それがしの乗っていた」

「あ、あの黒い」

「ご存知か。あれも、けがをしたのではなかろうか」

「あれやったら、獣医《じゅうい》さんとこに、ヒック、連れていったわ。今じぶん、診《み》てもろてるよ」

「では、けがをして、手当てを受けているのでござるか」

「そうや。ござる、ござる。ヒック、ヒック」

廊下《ろうか》に足音がした。中村老《ろう》先生、お父さん、そのうしろに健二がついてはいってきた。

安心したのか、哲也のしゃっくりは、ひっこんでしまった。

「目が覚めたね」

ひょろっと背の高い中村先生は、ベッドのそばへ行き、起きあがろうとする少年を、手でとどめた。

「よかった、よかった。顔色も、ようなったな」

先生はやさしく少年の右手を取り、脈《みゃく》を計った。

少年はびくっと体を震《ふる》わせ、ひっこめようとしたが、そのまま手をあずけた。

「うん、だいじょうぶやな。四、五日静かに寝とったらええやろ。レントゲンで見たところでは、どこも骨折はないし。まあ、目の上は内出血《ないしゅっけつ》したから、もうちょっとはれて、黒うなるかもしれんが、心配ない。ただ、頭打ってるさかい、ちょっと気にはなるけども」

「頭て、おでこの上？」

哲也は、少年のひたいの、包帯《ほうたい》を見ながら聞いた。

「そう。道に放りだされて、コンクリの上で打ったんやな。馬の上からやさかい、だいぶ高いところからやけど、直接、車にはあたってへんらしいし、手も足も、すり傷さえ治ったら、だいじょうぶや。で、家の人に連絡つきましたかな」

「いや。この子、さっきまで気ぃつかんと、寝てたもんで」

お父さんは、ベッドのそばにかがみこんだ。

「家の人に連絡してあげるさかい、住所と名前と、電話番号、教えてくれるか」

少年は頭を枕《まくら》につけたまま、お父さんの目をじっと見返し、はっきりした声で答えた。

「ぶざまななりで失礼いたす。それがしは明智《あけち》惟任日向守《これとうひゅうがのかみ》、家臣《かしん》、稲葉太兵衛《いなばたへえ》が一子《いっし》、小太郎と申す。なにゆえ、このような場所にいるのか、わかり申さぬが、なにやら事故にあい、連れてこられたものと推測《すいそく》いたす。住まいは御城内《ごじょうない》、大手門《おおてもん》わきの屋敷《やしき》でござる。電話番号と言われるのは、なんのことやらわかりかねる」

少年がしゃべりはじめると、中村先生はあっけにとられ、白い眉毛《まゆげ》を、あげたりさげたりした。先生は、このサムライ言葉を聞くのは初めてなのだ。

急に心配そうな表情になり、白衣のポケットから体温計をだしてきた。

「ちょっと熱を計りましょう」

先生からわたされた体温計を手に持ったまま、小太郎は、とほうにくれたようだった。

体温計をはさもうとはせずに、先生の顔を見あげた。

先生が、着物のえりをひろげようとすると、小太郎は、きっと、体をこわばらせて、えりをおさえた。

「なにをなさる」

「熱を計るのやで」

「なにを計ると?」

「体に、なんぼ熱があるか、計るんやがな」

中村先生は、小太郎の右わきにどうやら体温計をはさみ、ほっと息をついた。

「もうええと言うまで、はさんでてや」

先生が時計を見て、体温計をまた引っぱりだすまで、小太郎は緊張《きんちょう》していた。

「三十七度か。ちょっと高めやけど、事故のあとやから、しゃあないやろな」

小太郎は、遠慮がちに中村先生に頼《たの》んだ。

「もし、お聞きとどけいただけるなら、お願いいたしたいのだが。実は、それがしは、今朝、光慶《みつよし》ぎみと、馬のけいこにでるところでござった。突然の雷鳴《らいめい》に驚いた、若ぎみの馬〝白雪《しらゆき》〟が走りだし、それがしは、それを追って走ったところ、落雷《らくらい》にあい、気を失い申した。

意識がもどってみると、なにやら見なれぬ場所におり、武士のなりはしているが、そうではない、きみょうな人びとの行列に出会った。

それがしは驚き、引き返そうとして、思わぬ事故にあい申した。

白雪がいかがなったか、調べてはいただけまいか。それがしの馬〝新月《しんげつ》〟は、手当てを受けていると聞いたゆえ、それも、いかがあいなったか知りとうござる」

中村先生は、だんだん深刻な顔になってきた。哲也のお父さんは、またどこへ電話をかけるつもりか、ポケットをジャラッといわせて、部屋をでていこうとした。

「ミツヨシギミて、だれや知ってはりますか」

中村先生は、哲也のお父さんを追いかけていって、小さい声で聞いた。

「ミツヨシいうたら、たしか明智光秀《あけちみつひで》の長男やったように、覚えとりますわ」

お父さんも、小声でそう答えた。

病室をでてから、中村先生とお父さんは、ひそひそと話していた。

「あの子は、頭打つまえからサムライのまねをしとったと、江藤さん、言わはりましたな」

「そうです。なんでそんなことしたんか、わかりませんけど」

「芝居というか、人と違《ちが》うことをして見せとうて、わざと、あんなかっこうしてたんとちがうやろかねえ」

「ちょんまげは、かつらやなかった。ほんまに頭そってありましたな」

「ひたいをそりこんだ、暴走族《ぼうそうぞく》みたいなもんやないやろか」

「オートバイのかわりに、馬ですか」

「武者行列《むしゃぎょうれつ》の向こうをはって、サムライのまねしとったら、頭打って、ほんまに、おかしゅうなってしもたんやろかな」

「一種の記憶喪失《きおくそうしつ》ですか」

哲也と健二が、病院をでたのは夕方だった。

お父さんは、役所の人と、いろいろ相談をしてから帰ると言った。

だまって歩いていた哲也は、西光寺《さいこうじ》のそばまできたとき、思い切ったように言った。

「あのな、健二。笑うなよ。ぼく、小太郎は記憶喪失やないと思う」

「そら、そうやろ。事故の、まえとあとと、ちょっとも変わっとらへん」

「けど、もともと頭がおかしいのでもないと思う」

「わざと、あんなこと言うとるわけ？」

「そうでもない」

「まさか、小太郎はほんまのことを言うとるて、思うんやないやろな」

「な、健二。あないに、ちゃんと、サムライ言葉しゃべれるやつて、おるか？　テレビの俳優《はいゆう》が、せりふ覚えて、言うとるのとちがうで。その場その場にぴったりの言葉を、しぜんにしゃべっとるんや」

「けど、その気で、いつもそういうしゃべり方しとったら、なれるんやないか」

「健二がお父さん呼びに行ったとき、あの黒馬のこと、ものすごう心配しとった。あんなだいじな馬で、わざとみたいに車にあたりに行くやろか。あいつ、車いうもんを知らんかったんや」

「……そらまあ、病院のことやら、いろいろ現代のことを知らなさすぎるみたいには見えるけどもな」

「そやろ。お父さんを見たとき、キリシタン・バテレンか、言いよった。小太郎はサムライのかっこうした人ばっかり見とって、いきなり、ネクタイしてハッピ着たお父さんやら、制服のおまわりさんを見たんや。見なれんもん見て、思わず言うてしもたんとちがうか。ふたりとも、眼鏡《めがね》かけとったし」

「バテレンて、眼鏡かけとったんか」

「知らんけど、あのとき、きらっと、眼鏡光りよった。えらい目だったで。めずらしいもんは、バテレンやて思うたかもしれん。それに、ぼくが刀にさわりかけたとき、あいつ、眠っとったくせに、『なにをする!』言うて、わめきよった」

「ふつうの神経やないな」

「そう思うやろ。ほんまのサムライや」

健二は立ち止まってしまった。かすれた声で言った。

「タイムスリップや、言うのか」

哲也は強くうなずいた。

「それ以外、考えられれんやないか。ほんまに戦国時代からきたんやで、あいつは」

3　タイムスリップ

少年は、事故の翌日、警察の人の訪問《ほうもん》を受けた。身もとがわからなければ、調べの書類も作れないし、退院しても帰すところがないのだ。

でも、少年は、やっぱり「稲葉小太郎」と名のって、御城内《ごじょうない》の大手門《おおてもん》わきに屋敷《やしき》があると言いはった。

「ふーん、御城内ね。大手門なんて、今はもう影も形もあらへんで。あんた、それはいつの話や。今、何年か、わかっとるんかね」

警官は太った体で、小さい丸椅子《まるいす》をきしませながら、小太郎に質問した。

小太郎は、きのうのように、やっぱり不安げな目をして答えた。

「天正《てんしょう》十年であろう」

「てんしょう?」

警官はふり向いて、中村先生にたずねた。

「天正《てんしょう》て、いつごろのことやったっけ」

「ずーっと昔ですなあ」

中村先生も社会科に自信がないとみえて、さらにうしろにひかえていた哲也のお父さんをふり返った。

お父さんは、なぜかこの事故の〝責任者〟になっていて、きょうも病院にきていたのだ。

「天正いうたら、〝本能寺《ほんのうじ》の変《へん》〟のあったころどすがな。一五七三年から始まっとりますわ」

観光課にいるお父さんは、さすがにこのあたりの年代にはくわしい。

「一五七〇年代!」

警官は、ソーセージのような指で、ひたいの汗をふいた。

「やっぱり、おかしなってますな」

「なにが、おかしくなっておるのであろうか」

小太郎は聞きとがめた。

「なにがて……。あんた、天正いうたら、今から四百年以上もまえのことやで」

小太郎の顔色は、すーっと土気色《つちけいろ》になった。

きのうから不安げだった目が、一点を見つめたまま、動かなくなった。

「困ったな。どないしたらよろしやろな」

警官は、中村先生と哲也のお父さんを交互《こうご》に見、また思い直したように質問を開始した。

「まあ、それはそれとして。年令を聞かんならん。あんた、年いくつ？」

「十五才でござる」

「ほう、十五才ね。中学三年かな」

「中学と申すと？」

「……」

「それがしは、永禄《えいろく》十一年の生まれにて、まもなく元服《げんぷく》いたす」

「げ、げんぷく！」

警官は、とうとう質問をあきらめた。

「よいしょ」と立ちあがった。

「回復したら署へ連絡してください。ほな、きょうは、これで失礼しますわ。あ、そうや、言い忘れるところやった。きのうの馬な、この子が乗ってたという。あれ、やっぱりあかんかったそうな」

「あかんと申すと？」

小太郎は、がばっと半身《はんみ》を起こすと、するどく聞き返した。

目の上が痛んだらしく、顔をしかめた。

「つまり、死んだんや」

「死んだ！」

小太郎は、かみつきそうに叫《さけ》んだ。

「し、死んだ……」

つぶやくと、みるみる目に涙がもりあがった。

それを見せまいとするように、壁《かべ》のほうを向いて、じっとこらえているようだった。

「あの馬も、どこから連れてきたか、わからんのかいな」

警官は、小太郎を気にしながら声を低めた。

「中川牧場《なかがわぼくじょう》に問いあわせたけども、そんな黒馬は知らん、言うとりました」

と、哲也のお父さんは答えた。中川牧場というのは、亀岡春祭りに馬を提供している牧場だ。京都の撮影所《さつえいじょ》などにも、出演用《しゅつえんよう》の馬を送っている。

「そんなら、まあ」

と言って、警官は、サイドテーブルに置いてある刀に手を伸《の》ばした。

「これが例の刀かいな。いちおう、あずからしてもらわんとな」

「待たれい！」

小太郎はすばやく右手を伸ばして、ガキッと刀をおさえた。

「みだりにふれると、ようしゃはせぬ」

警官は二重あごを引いて、ちょっときびしい顔をしてみせた。

「許可証《きょかしょう》なしで刀持っとったら、罪《つみ》になるんやで」

小太郎はそれには答えず、しっかりと刀を腰《こし》にさした。

「そんなもんさしたら、寝られへんで」

警官はあきれた。

「いたしかたござらぬ。起きておるまで」

警官は、首をふった。

「ほんなら、ようすを見て、あずかっといておくれやす。どうせほんものやないやろけど」

警官が帰ると、入れ違《ちが》いに哲也と健二がやってきた。

五月四日は学校も休みだ。病室をでてきた中村先生とお父さんに、ふたりはたずねた。

「小太郎、どうですか」

先生は、「うーん」とうなった。

「馬が死んだと聞いて、泣いたなあ」

「えっ、あの馬、死んだんですか」

「おまわりさんが知らせた」

「かわいそうに。そら、がっくりくるわ」

「ちょっと、あんたら、なぐさめてやってな」

お父さんも頼《たの》んだ。

「刀な、小太郎くんは、おまわりさんにもさわらせなんだ。今、腰《こし》にさしとるけど、あれでは寝られへん。ほんまの刀やったら、警察にわたさんならん。にせもんやとは思うけど、確かめてくれへんか」

「わかった」

と、哲也はうなずいた。

哲也の考えでは、あの刀はほんものだ。

小太郎がほんものの武士なら、刀だけ竹光《たけみつ》ということはない。

病室にはいると、小太郎はベッドに寝ていた。

さっとふり向いた小太郎の目は、かすかに赤かった。

「刀、どないしたんやろ」

と、健二がささやいた。

近づくと、小太郎の顔のそばに刀の下《さ》げ緒《お》——つまり腰に結ぶひも——らしいものが、ちらっと見えた。刀は腰からぬいて、いっしょにベッドに寝かせたとみえる。

哲也と健二は、丸椅子《まるいす》をふたつならべて、ベッドのそばに腰かけた。

「けが、まだ痛いか？」

哲也が聞くと、小太郎はちょっと表情をゆるめた。

「いや。昨日《さくじつ》よりはるかによくなった」

「なんぞ、ほしいもんあったら、持ってきたるで」

小太郎は、しばらく考えていた。

「ならば、お願いしたいことがござる」

「なんや。アイスクリームでも食べたいのか」

「アイスクリーム？」

「あ、四百年まえにはなかったか」

「その四百年まえということだが、それに関して教えてほしい。それがしには、事態《じたい》がよくのみこめぬ。いったい、これはいかなることに、あいなっておるのであろうか」

哲也と健二は、顔を見あわせた。ゆうべ、ふたりは相談したのだ。

小太郎に、ほんとうのことを教えたほうがいいだろうと。

哲也はまず、せきばらいをひとつした。

「びっくりしたらあかんで。きみは四百年後の世界へ、タイムスリップして、きてしもたんや」

小太郎は眉《まゆ》を寄せ、むずかしい表情をした。

「タイムスリップと申すと？」

「なんちゅうたら、ええのやろ。つまりやな、時間を飛びこえて、四百年の昔から、今の世界へ、きてしもたんや」

「……」

「わからんかな。きみは、ぼくらより四百年まえに生まれた人間や、いうことや。雷のせいかなんかようわからんけど、ともかく、ひょこっと時間がずれて、こっちの世界へ迷いこんだんや」

「……」

小太郎は、食《く》い入るような目で哲也を見ていた。

「こういうことがある、いうのは聞いてた。けど、ほんまに見たんは初めてや。ぼくらかて信じられへん。けども、目の前に稲葉小太郎いう人が、サムライや言うて、いてはる。きみは、ほんまにサムライなんやろ？」

「まこと、サムライでござる」

小太郎は、考えこんでしまった。

「それでは、それでは、おたずね申す。タイ……タイ……」

「タイムスリップ」

「そのタイムスリップというものが、まことであったとして、それがしの生きておった世界は、今、どうなっているのであろうか」

「今？ そのまま向こうでは、きみのおったときのまんまに、時間がたっていっとんのとちがうか」

「では、その間の四百年というものは、こちらでは過去であり、あちらでは未来になると言われるか」

「お、わかっとるやんか」

「では、もとの世界にもどるには、いかがいたせばよいのであろうか」

哲也たちは困った。

「それがわからんのやわ。なんできたんか、ようわからんのと同じ」

「帰る方法がわからねば、もしかして、いつまでも、こちらにおらねばならぬこともありうると言われるか」

哲也と健二は、気の毒そうにうなずいた。小太郎はだまりこんでしまった。

五月五日、朝食のとき、江藤一家は小太郎のことでもめていた。中村外科へ、きょうも、お父さんが行くと言ったので、お母さんのきげんが、ななめになったのだ。

「その子、春祭りではねられたけど、ただ飛びこんできただけで、出演者《しゅつえんしゃ》ていうわけやないんでしょ。なんでうちのお父さんが、毎日世話しに行かんならんの？」

この日、一家で京都の東山《ひがしやま》へ、ドライブに行く予定になっていたのを、お父さんが延期しようと言ったのだ。

「いや、すまんな。けど、これは仕事でやっとるだけやないんや。なんちゅうたらええか、まあ、自分の子が記憶喪失《きおくそうしつ》になって、だれかの世話になっとったら、と思うとな。あの子は、今どきめずらしく礼儀《れいぎ》正しいよい子や。かわいそうでなあ」

「それは、わたしかて、かわいそうやと思います。けど、きょうは役所の福祉課《ふくしか》の人とかに、かわってもろたらどうなんやろ。病院には看護師さんかて、いてはるし、つきそいの人は必要ないのとちがうの？」

「良子《よしこ》さんや」

と、おじいさんが言った。良子さんとは、お母さんのことだ。

「わしな、その小太郎とかいう子に、いっぺん、おうてみたいと思うてんのや。光秀《みつひで》の家臣《かしん》や言うとるのも、なんや気になるしな。ちょっとあんたも、いっしょに行ってみんか」

「そら、ええわ」

と、哲也が賛成《さんせい》した。

「ぼくらはべつに京都に行かんかて、かまへんで。小太郎いうのは、なかなかええやつや」

食事のあと、哲也と健二は、ふたりで病院へでかけた。

廊下《ろうか》を歩いていくと、三号室から博《ひろし》先生のでてくるのが見えた。院長の息子《むすこ》の若先生だ。

「やあ、哲ちゃんたち」

と、博先生は言った。

「小太郎くん、きょうは見ちがえるように元気になったよ。脳波《のうは》の検査も異常《いじょう》なしやったし。ごはんも食べられるようになった。このぶんなら、記憶《きおく》ももどるかもしれんな」

哲也たちは、思わず顔を見あわせた。

(記憶が、どこへもどるんや。)

病室にはいると、小太郎はベッドに座っていた。きのうまで頭に巻いてあった包帯《ほうたい》が取ってあったので、それまでかくれていた前髪がぜんぶ見えた。左目の上、眉《まゆ》からひたいにかけてガーゼがあててあり、バツ印《じるし》に、絆創膏《ばんそうこう》でとめてある。

「おはよう」

明るい声であいさつしたのは、看護師の南さんだ。小太郎の髪をとかしている。

「どう？　小太郎くん、似合うでしょ」

南さんは、ひとまとめにした髪を、ひもで高く結んだ。

「サムライやから、かっこようせんとね」

南さんは、どこまで本気かわからないけれど、そう言って、サイドテーブルにのせてあった体温計を、ひょいと白衣のポケットに入れ、病室をでていった。

髪を結《ゆ》った小太郎の顔は、引きしまって見えた。前髪立《まえがみだ》ちの若武者《わかむしゃ》だ。でている右の眉は、濃くてりりしく、先端《せんたん》が跳《は》ねあがっていた。

「やっぱり、そのほうが似合うね」

と哲也が言うと、小太郎は照れたようにほほえんだ。

（小太郎が笑うの、初めてや。）

「ほんとうは、もっと、きゅっと引きあげねばならぬのだが、ここが痛むから、ゆるくしてもらった」

小太郎は左目の上をおさえた。

きのうは、包帯《ほうたい》の下にかくれていた左のまぶたが、黒ずんだ紫色《むらさきいろ》になっているのがわかった。

「パンダっぽい……」

と、健二が小声で言ったので、哲也は、

「あほ」と、こづいた。

「脳波《のうは》と申すものを、調べてもらった。頭に針《はり》を何本も何本もさすので、驚いた」

哲也も驚いた。小太郎が、自分からそんなことを言いだしたのだ。

「医学も、ずいぶんと進んだものでござるな。

頭のなかのことまで、はっきりと調べられるとは」

「小、小太郎。なんや、きのうまでの小太郎と、違《ちが》うみたいや」

「そう見えるか。それがしは、ずっと考えておったのだ。突然、かようなところにきてしまい、見るもの聞くもの、計り知れぬおそろしさであった。これまで想像すらしたことのない、さまざまなことに出会い、驚きと不安で、うろたえてしまった。おはずかしゅうござる。しかし、ただ、おののいているだけでは、どうにもならぬと思いいたった」

「ほーお」と、哲也は首をふって感心した。

「今朝は、ことのほか気分も爽快《そうかい》でござる。頭もはっきりしてまいった。きょうより、この世界に生きてゆくべく、心をつくす決意でござる。いつの日か、あちらの世界に帰れるときまで、なにかと御指導《ごしどう》たまわりたい」

小太郎は、ベッドにきちんと座り、両手をついたのだった。

哲也は、なぜか泣きたいほど感動した。

「わかった。安心してくだされ。小太郎のことは決して見すてへん。サムライの世界に帰れるまで、ぼくが、面倒《めんどう》みる！　ぼくも男や、ドーンとまかせなさい」

健二も、哲也の感動が移ったのか、いっしょになって、なんべんもうなずいた。

「かたじけない」

小太郎が深く頭をさげたときだった。軽いノックが聞こえた。

「あ、やっぱりここやったんやね。入り口に名札がでてへんから、違《ちが》うかと思った」

にぎやかな声は、お母さんだった。胸《むね》に、くだものかごをかかえている。

おじいさんもいっしょだ。小太郎は、さっと緊張《きんちょう》して哲也を見た。

「心配いらん。これはぼくのおじい……祖父。こっちは母」

「これは……。それがし、明《あけ》智《ち》惟任《これとう》日向守《ひゅうがのかみ》光秀《みつひで》が家臣《かしん》、稲葉小太郎と申す者。お見知りおき願いたい」

「ほほう」と、おじいさんは目を丸くした。

「聞きしにまさる、もののふぶりじゃ」

そう言いながら、小太郎をしげしげとながめた。

「もののふ、いうたらサムライのことやろ？」

と、健二がささやいた。

「知っとったら聞くな。ぼくは知らんかったけど」

と、哲也はささやき返した。

お母さんは感心したのか、あきれたのか、だまって首をふった。

おじいさんは、小太郎のそばに座りこんだ。

「小太郎くんとやら。ちと、おたずねしますがね。

あんた、ここへくるまえ、どこにいてはったか、ほんまに、ぜんぜん覚えてなはらんか」

「覚えており申す。光慶《みつよし》ぎみと馬のけいこをすべく……」

「あ、そうかそうか、せがれから聞きましたわ。お父《ちち》ぎみは太兵衛《たへえ》どの、とな。

では、最後におうた人の名を、教えてくれはらんか」

「最後にお会いしたのは、明智十五郎光慶《あけちじゅうごろうみつよし》ぎみ。わが殿《との》の若ぎみであらせられる」

「うーん、そのまえに会われたんは？」

「溝尾庄兵衛《みぞおしょうべえ》どの。ああ、斎藤利三《さいとうとしみつ》どのも、いっしょであった」

「斎藤利三！」

おじいさんは、あんぐりと口を開け、お母さんをふり返った。

「知っとるかの。春日局《かすがのつぼね》のお父さんじゃ」

「春日局って、あの、有名な徳川《とくがわ》三代将軍家光《いえみつ》の乳母《うば》の、ですか」

「そうや。父親の斎藤利三は、光秀《みつひで》の家臣《かしん》やった。これは歴史上の事実じゃ」

小太郎は、おじいさんとお母さんの話を、ふしぎそうに聞いていた。

「斎藤どのには、おふくという四才の娘御《むすめご》がござるが、春日局とは？」

「いや、まあそれはええとして。ほかにあの日、おうた人を片っぱしからあげていってくれんかの」

「たしか、妻木主計《つまきかずえ》どのにも会い申した。おお、治右衛門《じえもん》どのが、篠山《ささやま》の城からきておられた」

「明智治右衛門光忠《あけちじえもんみつただ》か」

おじいさんは、たまげたように口をもぐもぐさせた。

「歴史に名を残しておる、明智の重臣《じゅうしん》らじゃ」

「あっ。おとといの武者行列《むしゃぎょうれつ》で、馬に乗っとったサムライらやないか」

哲也も思い出した。大将のすぐうしろにつづく、そうそうたるメンバーだ。

おじいさんはうなずいて、お母さんをふり返った。

「すると、この子は、若ぎみづきのサムライで、いつもえらい武将らといっしょにおったんやろかな。いや、おったというか、そういう幻想を持っとったというか。なんかのおりに、歴史の本を読んで、自分を登場人物にあてはめて、思いこんでしもうてやな……」

小太郎は、静かにおじいさんの言葉をさえぎった。

「失礼をかえりみず申しあげる。それがしは幻想をいだいているのではござらぬ。奇異《きい》なる世界に迷いこむまで、まこと天正《てんしょう》十年の世に生きており申した」

お母さんは、あわれみにみちた目で小太郎を見、おじいさんにささやいた。

「ええ子やね、ほんま。けど、外科やのうて、神経科か、精神科に移ったほうが、ええのとちがいますか」

お母さんは、かかえていたくだものかごを、哲也にわたした。

「ほんならこれで、わたしら、帰らしてもらいますわ。くだものでも食べて、はよう、ようなってな」

ふたりがでていくと、すぐ健二がくだものかごを、サイドテーブルまで運んだ。

セロファンにおおわれたかごを、小太郎はめずらしそうにのぞいた。

「くだもの。わかるやろ？　りんご、バナナ、オレンジ……」

小太郎は首をふった。

「かようなものは初めて見た。それがし、柿や栗は、存じておるが」

「小太郎、そのそれがし言うの、やめてくれへんか。

ボク、とか、せめてワタシとか言うほうがええで」

「ワタシと申すのか。あいわかった」

小太郎はすなおだった。哲也にバナナをむいてもらうと、匂《にお》いをかぎ、

「おお、よいかおりがいたす」

と、うれしそうに言った。健二がすばやく自分もむいてほおばると、小太郎はまねをして、ぱくりと口に入れた。

哲也と健二は、じっと小太郎の口もとを見つめた。

「珍味《ちんみ》である！」

ひと口飲みこむなり、小太郎が目をかがやかせたので、哲也たちは思わず笑ってしまった。

「今朝ほどは、食膳《しょくぜん》に馳走《ちそう》がござった。まっ白な米の飯《めし》のほかに、魚や、とうふの汁《しる》までついておった。特別にそれがし……いや、ワタシのために、そのような心づかいをしていただき、いたみいる」

哲也は、ぽかんとした。

「特別にって、べつに特別やないで。このまえ、おじいさんが骨折して入院したときも、そのくらいついとった。昼と晩は、もっとええもんつくで」

「昼と晩とは……日に三度も食事をとるのか」

「サムライは違《ちが》うのか」

「二度でござる。あのような白い飯ではなく、粟《あわ》や稗《ひえ》、大根《だいこん》の葉などのはいった黒い飯に、みそ汁をかける。あるいは雑炊《ぞうすい》でござる」

「ヒエーッ」健二は悲鳴をあげた。

「そんなもん食《く》うて、チャンバラしとったんか」

「きのうまでは、心が乱れて、食事をとる気にならず、箸《はし》をつけぬままであった」

「あ、そんなら点滴《てんてき》してたんか」

「中村先生が、どうしても、そのテンテキなるものをせねば、と言われて、腕《うで》に針《はり》をさされた。ここから、滋養《じよう》が体にはいると言われた。ワタシはあの先生を信じて、されるがままになった」

「中村先生は信じてええよ。それで、なにも食べんでも元気になれたんや」

「哲也どのの母上がたは、ワタシの言うことを、信じておられぬようであった」

「大人は、そういうことはなかなか信じないんや。心配せんかてええ。おじいさんもお母さんも、あれで、ものすごう親切な人やから」

その〝親切〟から、とんでもないことがおころうとは、このとき、哲也は思ってもみなかった。

4　これは、わたしの息子《むすこ》です

翌朝のことだった。郵便受けから新聞を取ってきた哲也は、お父さんにわたすまえに、テレビ欄《らん》をのぞいた。ついでに、ひょいと社会面をめくって、びっくりした。ページのまん中あたりに、名刺《めいし》くらいの大きさの〝サムライ〟の顔写真がのっていたからだ。

〝サムライ〟は、片目の上に、絆創膏《ばんそうこう》をはっている。

「えーっ、これ、あいつやないか」

健二も、わきからのぞいて声をあげた。

「小太郎や！　なんでこんなとこにのっとるのや」

「あらぁ、やっぱりのった？」

と、明るい声をだしたのは、お母さんだった。

「小太郎くんの身もとをさがすには、記事にしたほうがええでしょ。新聞社に電話したんよ。わたしの名前は、言わへんかったけど」

「えーっ」

家族全員が、お母さんの顔を見た。

「さすが新聞社は早いわ。もう、のったんやね」

「そんなことしたかて、むだやで。小太郎の親がでてきよるわけないやんか」

哲也は、怒ったように言った。

「どうして？　自分の子どもが行方不明《ゆくえふめい》になってるんやもの。親御《おやご》さんかて、きっと一生懸命さがしてるにちがいないえ」

お母さんは、むきになって言い返した。おじいさんも、寄ってきて新聞をのぞいた。

「ふつうの親やったら、警察に届けてるじゃろな。あの事故のとき、おまわりさんが小太郎を調べにきたんやし、ほんまの名前がわからんでも、年かっこうで見当がつきそうなもんやがのう」

「事情があって、届けてなかったんかもしれんけどね。

なんか悪いことして逃げてるから、警察に言えへんとか。かくし子《ご》やったとか」

お母さんはひとりでうなずいて、哲也の手から新聞を取りあげ、

「だれか、この少年を知りませんか」

と、見出しを読みあげた。

「――去る五月三日、亀岡春祭りの武者行列《むしゃぎょうれつ》に馬でつっこみ、乗用車にはねられた少年は、その後、記憶《きおく》が回復せず、身もとは、いぜん不明のままである。本人は、稲葉小太郎と名のり、永禄《えいろく》十一年の生まれだと言っている……」

「いや、ほんまに、はよう、家の人がでてきてくれるとええなあ」

お父さんも、真剣にそう言った。

学校へ行った哲也は、クラスの友だちに取り囲まれた。

「新聞見たで。哲也んとこのお父さん、あいつの面倒《めんどう》みとるんやて?

あいつ、まだ、サムライやっとるのか」

「ぼく、パレードのとき見た。ほんまに馬に乗って、走ってきたんや」

「なんで、あんなかっこうしとんのや？　どこぞの劇団のやつ？」

「記憶喪失《きおくそうしつ》になっても、サムライやっとるいうのは、どういうことや」

みんな口ぐちに聞くので、哲也は迷ったすえ、思い切って打ちあけることにした。

（大人にはわからんでも、子どもには理解できるということもあるんや。みんなで小太郎の味方《みかた》になってやれたら、どないええやろ。）

「あいつな、実は、ほんまのサムライなんや」

「なんや、それ」

「そやから、タイムスリップしてきたんや」

教室が、シーンとなってしまった。

「テ、ツ、ヤ……」

と言って、俊之《としゆき》が哲也の頭に手を置いた。

「テレビの見すぎ！」

と、陽子《ようこ》が大きな声をだした。

「おまえ、ひょっとして、あのとき、馬に蹴《け》られたんとちがうか」

「頭、だいじにせんといかんよ」

みんなはそんなことを言って、どっと笑ったのだった。


その日、哲也は学校の帰りに病院へ寄った。

小太郎は起きていて、病室の窓ぎわに立ち、外を見ていた。病院の裏庭のつつじの花が赤い。

ひたいの絆創膏《ばんそうこう》は、はずされていた。眉《まゆ》の上に、かさぶたになった傷がすこし残っているだけだ。目の上の紫色《むらさきいろ》も、すこしうすくなっていた。

「新聞社の人がきて、びっくりしたやろ」

「写真というものをとられた。いきなりピカリと光ったので、稲妻《いなずま》かと思い、息をつめたが、中村先生が説明してくださった」

「あ、先生がついていてくれはったんか。よかった」

「身もとを調べると言って、いろいろとたずねられたが、哲也どのに、大人は容易《ようい》に信じまいと教えられておったので、適当《てきとう》に答えておいた」

(子どもかて、わからんもんはわからん。)

と、哲也は思った。

きょうの小太郎は、ぴしっと髪を結《ゆ》いあげたせいか、目も眉《まゆ》も、きりっとつりあがり、引きしまった感じだ。袴《はかま》もきちんとはいていた。でも、腰《こし》に刀はさしていない。

ベッドの毛布は、足もとのほうにたたまれていて、そこに刀が寝ているようすもなく、サイドテーブルの上にも見あたらなかった。

「あ、刀でござるか」

小太郎は、哲也のさがしているものが、わかったようだった。

「あれは、警察とやらにわたした」

「えっ」

「この世界では、刀をつかうことは許されておらぬ、と中村先生に言われた。持っておるだけで人に不安をあたえ、罪《つみ》になると言われた。

ワタシも、ここで生きてゆくからには、こちらのならわしにしたがわねばならぬ」

「えらい！」

と、哲也は叫《さけ》んでしまった。

「小太郎は、頭の切りかえが早いわ。さすが若ぎみづきのサムライや」

遠くで、「ちり紙こうかん」の声が聞こえた。小太郎が、そちらに神経を集めたのがわかった。

「新聞紙とちり紙と、こうかんする言うて、まわっとるんや」

「新聞というと、きのう写真をとりにきた人たちが、作っておるものであろう」

「あ」

哲也は、カバンに入れてきた、きょうの朝刊《ちょうかん》を引っぱりだした。

「これがそうや。世の中の動きが書いてある。ここにのっとるのが、ほれ、小太郎の記事やで。きのう、とられた写真は、こうなったんや」

小太郎は、引き寄せられるように記事に見入り、自分の顔写真には目を丸くした。

「文字が……。これは手で書いたものではござらぬな。なんと小さい文字であろう」

「機械で印刷《いんさつ》したんや。同じもんが、ぎょうさん刷《す》られて、国じゅうにくばられるんや。小太郎のことも、そこらじゅうの人が、読んで知っとるで」

「国じゅうであると?」

ふいに、ドアがいそがしくノックされ、返事も聞かずに、哲也のお母さんがはいってきた。

「まあ、小太郎さん。もう起きてはってええの？」

お母さんがはいると、病室に、かすかな花のかおりが漂《ただよ》った。お母さんは自分の気に入った場所へでかけたり、気に入った人に会うときには、オーデコロンをつける。

お母さんは病院が好きというわけでもなさそうだし、小太郎が気に入ったとみえる。

廊下《ろうか》にスリッパの音がした。中村先生と、和服姿のぽっちゃりした女の人がはいってきた。

女の人は、お母さんにも哲也にも、目もくれず、まっすぐ小太郎を見た。

そして、びっくりするような声で叫《さけ》んだのだ。

「太郎！」

小太郎はぎょっとして、窓ぎわに立ちすくんだ。

「太郎！　こんなところにいたのね。どうしたの。どうして、お母さんに知らせてくれなかったの」

女の人は小太郎にかけ寄って、いきなり抱きしめた。

小太郎はどぎまぎして、救いをもとめるように、哲也や中村先生を見た。

「このかたが新聞を読んで、家出をしている息子《むすこ》やと、言わはりましてな」

中村先生が説明した。

哲也がふり返ると、お母さんは、「ほら、見てごらん」というふうにうなずいた。

「お母さん、どんなに心配したかしれなくてよ。太郎がいなくなってから、お父さんは心臓を悪くなさってね。あなたのことを心配されたからよ」

女の人は、小太郎のほおをなでた。小太郎はもじもじし、居心地《いごこち》悪そうに立っていた。

「背が伸《の》びたんじゃない？　そうよね、もう二年もたつんだものね。なんか、たくましくなったみたい。どうやって暮らしてたの？」

女の人は、小太郎の手を取ってベッドに腰《こし》かけさせ、自分も横にかけた。

哲也は気がついた。この女の人も、なにか強い香水のようなものをつけているらしく、病室は複数のかおりで、むせかえるようだった。

（うちのお母さんの匂《にお》いのほうが、負けとるな。）

女の人は、きれいに結《ゆ》いあげた頭をかたむけて、小太郎をのぞきこんだ。

「けがしたって新聞にでてたから、びっくりしたわ。ここ、まだ痛いんでしょ？　でも、たいしたことなくてよかったわ。こんなことがなければ、会えなかったかもしれないんだもの、神さまのお引きあわせね」

小太郎はだまってうつむいていた。哲也は、小太郎の困っているわけがわかるので、やっぱりここは、だまっているしかない、と思った。

「あの……」

と、哲也のお母さんが口をだした。

「このかたが、ぼっちゃんですか?」

「そうです。ちょっと顔の感じが変わりましたけれど、長いこと会ってなかったし、きっと苦労したんですわ。変わってないほうがおかしいですよ」

「二年も、おうてはらへんかったんですか」

「旅まわりの劇団にはいると言って聞きませんでしたのでね。せめて高校を卒業してからと言ったら、家をでてしまいまして、行方《ゆくえ》がわかりませんでしたの」

「ほんなら、小太郎さんは、高校生やったんですか」

女の人は、ばかにしたように笑った。

「十七才ですのよ。これが中学生に見えましてで? 小太郎っておっしゃいましたけど、この子の名前は、葉山太郎です。まあ、稲葉小太郎なんて芸名《げいめい》つけて。やっぱり本名《ほんみょう》とすこしは似通《にかよ》った名前にしたんですねえ。でも、もう〝小太郎〟とも縁《えん》を切ってもらいます。この子も二年間の苦労で、芸《げい》の道のたいへんさもわかったでしょうし、ふつうの生活にもどって、父親の会社をつぐように勉強してもらいますわ。さ、太郎、東京へ帰りましょう」

「先生……」

哲也のお母さんは、とまどったように中村先生を見た。中村先生は、腕《うで》ぐみをほどいた。

「今すぐ帰ると言われてもね、葉山さん。やはり、もう一日くらいは入院してもらわんと、体力が完全にもどったとは言えんのでね。ま、精神科の検査もしたほうがええと思うし、警察にも届けをだして、ほんまに、お宅のお子さんやということが認められたら、お引き取り願うとしましょうか」

葉山夫人は、たらこのような唇《くちびる》をつきだして答えた。

「精神科なんて、そんな御心配いりませんわ。自分の家に帰れば、きっともとにもどります。それに、わたしの兄が、大きな病院をやっておりますから。ね、太郎。診《み》てもらうなら、おじさまの病院のほうがいいでしょ。こんなところじゃ設備がねえ。後遺症《こういしょう》がでても困るし……」

中村先生は苦笑《にがわら》いしたが、哲也のお母さんは、むっとしたようだった。

「ところで、あなたがたは？」

葉山夫人は、こわい顔をしている哲也のお母さんと、困っている哲也のほうへ顔を向けた。

「あ、このかたたちが小太郎くんの……」

中村先生が説明しようとしたとき、もうれつに怒ったお母さんは、哲也の手をぐいっと引っぱって歩きだしたのだ。

「失礼させてもらいます。小太郎さん、お母さんの言うままになったらあきませんで。自分のこころざしいうもんを、しっかり持ってな。ほな、おだいじに」

哲也は、お母さんに引きずられて病室をでた。

ドアのところでふり返ると、小太郎が、まっ青な顔をしているのが見えた。

(小太郎、どないするのや。どないなるんや！)


その晩、江藤家では、テレビのまわりにみんな集まっていた。七時のニュースに、突然小太郎がでてきたからだ。葉山夫人が小太郎を息子《むすこ》だと言いはっていることが、報道《ほうどう》されたのだ。

それに対し、小太郎は、「ワタシは稲葉小太郎と申す。断《だん》じて葉山太郎ではない」とのべ、東京へ帰ることを、こばんでいると伝えられた。

テレビに向かって、哲也は応援した。

「小太郎がんばれ。あんなオバンに負けたらあかん」

「そうや。あんなふうに、むりに連れて帰られたら、決して幸せには、なれへんわ。新聞社へなんか、言うんやなかった」

そう言って、お母さんはしょんぼりした。

「ま、そうは言うが、実の親や。悪いようにはせんやろ。人には運命というもんがあるんや。のう」

と、おじいさんはなぐさめ顔に言った。

「小太郎に引き取り手が現れんかったら、うちで、ちょっとのまでも、あずかってほしいな、て思てたんや。ほんま言うと、ぼく」

と、哲也がつぶやくと、健二もなぐさめ顔に、けれども、ちっとも、なぐさめにならないことを言った。

「小太郎にも、お兄ちゃんの気持ちは、よう伝わっとるよ。けど、結局連れていかれるよな。サムライいうのは、やっぱり芝居やったんや。あいつ、それほど芝居が好きやったんや」

夜、哲也は二段ベッドの下段に横たわって、弟の寝ている上段をにらみつけ、健二の言った言葉を打ち消した。

（そんなことない。小太郎は、葉山太郎やない。あれはほんまに天正《てんしょう》十年からきたサムライや。）

翌日は土曜だった。哲也は、部活のあと、学校からまっすぐ家に帰ろうか、どうしようかと迷い、やっぱり中村外科のほうへ歩いてきてしまった。

病院へはいろうとしたら、大きなカメラを持った二、三人の男の人が、どやどやと道をかけていくのが見えた。

「警察だよ」「葉山太郎のお母さんが……」「記者会見が……」などと言う言葉が聞こえた。

哲也は、どきんとした。（小太郎は、警察にいるんや。）

大急ぎでかけだした。警察署の玄関口《げんかんぐち》に、報道関係《ほうどうかんけい》の人が、大勢集まっていた。

（小太郎、連れていかれるんや。）

哲也はせめて一言《ひとこと》、小太郎に、「さよなら」を言いたいと思った。

(こないに大騒ぎして、まるで、なんかの犯人《はんにん》が捕まったみたいや。小太郎は、まだショックから立ち直ってへんのに、こんなにワイワイやったら、ほんまにおかしぃなってしまうわ。)

お父さんもお母さんも、クラスの友だちも、小太郎のタイムスリップを信じなかった。弟の健二でさえ、今は葉山夫人の言うことを信じている。大騒ぎしている、この無関係な人たちに、小太郎の言うことを信じろといってもむりな話だと、哲也は思った。絶望感が胸《むね》にひろがった。

(小太郎は葉山太郎にされて、生きていくしかないんや。)

警察署の玄関《げんかん》から、葉山夫人が現れた。

相変わらず、ぴかぴかに髪を結《ゆ》いあげ、はなやかな着物を着て、にこにこしている。

小太郎の姿はない。よく見ると葉山夫人のうしろに、ひとりの少年がくっついていた。

(小太郎は?)

「小太郎……」

それは小太郎ではなかった。

よく似ていたが、五分刈《ごぶが》り頭をして、日に焼けた、現代の少年だった。

「太郎くん、こっち向いて。お母さんとならんでください」

カメラマンたちはいそがしく注文をつけ、葉山夫人と少年は、それに応じていた。

「どないなっとんのや、いったい」

哲也は走った。中村外科へかけこみ、息せき切って三号室のドアを開けた。

「小太郎！」

小太郎はいた。

「哲也どのか」

小太郎は晴れやかな顔をして、腰《こし》かけていたベッドから立ちあがった。

「心配をかけ申した」

看護師の南さんが、体温表の用紙を持ってはいってきた。

小太郎は、わきの下にはさんでいた体温計を取りだしてわたした。

「どうなってるんですか。今、警察で葉山さんと、別の男の子が……」

南さんは、小太郎から受けとった体温計を読み、すばやく用紙に数字を書き入れた。

「ほんまの息子《むすこ》さんが現れたんよ。メデタシ、メデタシ」

「えっ。ほんなら、あの五分刈《ごぶが》りの子が……」

「結局、劇団もやめて、大阪の工事現場で働いてたんやて。テレビ見て、知らせてきた人があって、連絡がついたんよ。ほんまの太郎くんは家出したてまえ、帰りとうても帰れんかったらしいわ。お母さんが自分のことを、あんなにさがしてはったってわかって、飛んできたというわけ」

哲也は、体じゅうの力がぬけていく気がした。

帰るまえに、哲也は看護師ひかえ室をのぞき、南さんに聞いた。

「小太郎は、退院することになったら、どこへ行くんですか」

「それはまだ決まってへんけど、今朝ね、京都の吉本先生いうて、精神科のお医者さんがきてくれはったんえ。中村先生のお友だちやし、特別にきてくれはったん」

哲也は不安になった。（精神科の先生は、タイムスリップがわかったんやろか。）

南さんは、くわしいことは、言わなかった。

「ともかく、小太郎くんは、ものすごいショックを受けたらしいから、今の状態をそのまま認めてやって、そっと見守ってやれるところに移す、いうことらしいわ」

（吉本先生には、ほんまのことはわからんかったんや。）

哲也は決心した。

（なにがなんでも、うちへ引き取らんならん。ぼくのほかに、だれがほんまの小太郎を認めてやって、そっと見守ってやれる？　みんな、小太郎の言うことを心の底では信じてないやんか。）

哲也は、家へ向かってかけだした。

（ぼくはまえに、小太郎に約束した。『決して見すてへん。ぼくも男や。まかせなさい』と言うた。お父さんたちを、なんとしても説得するのや！）


日曜の朝、小太郎は退院することになった。

お父さんと哲也が、中村外科へ車で迎えに行った。

小太郎を当分のあいだ引きうけることを、お母さんが承知したのは、葉山夫人のことが大きく影響していた。

健二が援護射撃《えんごしゃげき》してくれたせいもある。お父さんもおじいさんも、反対はしなかった。

「病院にはいってるよりも、哲也のような友だちのいる家で暮らすほうがよいって、吉本先生も言わはったし、費用も役所からでることになったんや」

と、お父さんは言った。

病院をでるときには、中村両先生はじめ、看護師さんたちも、みんなで見送ってくれた。

事故後、初めて外にでた小太郎は、病院の前庭から見える、背の低いビルをじっと見ていた。

車に乗るとき、小太郎はすこしまごついた。

「ここに腰《こし》かければ、ええんや。駕篭《かご》に乗るようなもんや。お父さんが動かすさかい、座っとったらええだけ」

「わしは、駕篭かきか」と、お父さんは笑った。

うしろの座席に、哲也とならんで座った小太郎は、車が動きだすと、がくんとのけぞった。

あわてて座り直し、ちょっとはずかしそうに笑ったが、すぐ窓の外を驚いてながめた。

「なんという速さであろう。まるで飛ぶようではないか」

流れていく景色《けしき》を目で追っていたが、疲れたように、哲也のほうに向き直った。

「なにゆえ、このように速く走るのか」

「なにゆえって」哲也は返事につまった。

「こっちの世界は、なんでも速いんや。車だけやない。もっともっと速いもんが、ぎょうさん動いとる。電車いうて、何百人も人が乗って走るでっかいもんもある。飛行機いうて、空を飛ぶ乗りものもある」

「空を！　鳥のようにか」

「そうや。ロケットで月へかて、人間は行ったことがあるんや」

「月！　あの空の月へか」

小太郎は目まいがしたようで、ふらりと体をゆすり、うしろにもたれて目を閉じてしまった。

「哲也。いっぺんにそないなこと教えたら、びっくりするがな。ぼちぼちにせんかい」

（あれ？　お父さんも、小太郎が、この世界のことを、ほんまに知らんと思うとんのか。）

小太郎はしばらくすると、体を起こして、お父さんの肩ごしに、車のフロントガラスから開けてくる風景に、目をこらした。間口《まぐち》の狭《せま》い商店や、小さな住宅が立ちならぶ町のなかを、車は走っていた。やがて雑水川《ぞうずがわ》をわたり、安町《やすまち》にはいった。

「今、わたった狭い川が、昔、お城の外堀《そとぼり》になっとったと言われてるんやで」

お父さんは前を向いたままで、小太郎に教えた。

「城の外堀《そとぼり》というと、今まで通ってきたのが、御城下《ごじょうか》であったと言われるか」

「本丸《ほんまる》とか西の丸とかの跡《あと》は、もっと向こうの、駅前の近くにあるんやけどな」

「本丸や西の丸の跡と言われたが、跡ということは、
それらは、もうないということであろうか」

「いずれわかることとやけどな。もう、のうなってるんや。なんせ、四百年以上たってるし」

小太郎は、ぶるっと体を震《ふる》わせた。

「いつ、なくなったのであろうか」

「途中で、一ぺん建て直されたんやが、それも明治《めいじ》の初めには、取りこわされてな。

そのときからでも、もう百年以上たつなあ」

「では、明智《あけち》は三百年は栄《さか》えていたということであろうか」

お父さんは返事に困った。小太郎の言っている天正《てんしょう》十年といえば、明智光秀《あけちみつひで》が織田信長《おだのぶなが》を
討《う》ち、すぐあとに自分も殺されて、明智一族が滅《ほろ》びた年なのだ。

「まあ、そのことは家に帰ってから、ゆっくり話そうや。もうじき家に着くさかい」

車からおりると、小太郎はふらついて、哲也につかまった。

(馬やったら、なんぼ走っても、ひらりとおりるのやろけど、小太郎、車に酔《よ》いよった。)

健二が飛びだしてきた。玄関《げんかん》には、おじいさんとお母さんが出迎えた。

「初めて車に乗って疲れはったやろ。わからんことは、なんでも聞いてや」

お母さんはやさしく言った。

「健二、お父さんやお母さん、どないしたんや。

小太郎が、この世界のこと、なにも知らんと思てるみたいやないか」

健二は、哲也の耳にそっと返事した。

「そういうことにして受け入れようて、相談しはったんや。そしたら、精神状態がだんだんようなっていくんやないか、言うて」

小太郎は、みんなの前にきちんと座ると、畳《たたみ》に両手をついてあいさつした。

「ご厄介《やっかい》をおかけいたし、申しわけござらぬ。皆さまのお教えをいただき、早くこの世のならわしに、なじんでまいりたく存ずる。もしお役にたてることがあれば、なんなりと、お申しつけ願いたい」

小太郎が頭をさげると、ポニーテールのようなまげが、ゆさっとゆれた。

まだ、日の高いうちに、お母さんはお風呂をわかした。

「小太郎さんは入院中、一ぺんもはいってはらへんのやろ。哲也、教えてあげながら、いっしょにはいったら?」

風呂場にはいると、小太郎は湯舟《ゆぶね》の湯を見て、目を丸くした。

「このような豊かな湯にはいるのか」

「小太郎は違《ちが》うの?」

「半分蒸《む》し風呂になっておって、湯はひざほどであった。ふたをして蒸すので、このように大量の湯は、用いなかったが」

簡単にガスで火がついて、すぐにわかせると言うと、小太郎は、ガスがなんだかわからぬまま、感心した。

昼間の風呂場は、窓から光がはいって明るかった。哲也と小太郎は湯舟にいっしょにしずみ、湯気《ゆげ》の立ちのぼるなかで、じっとしていた。

(四百年前のサムライと、いっしょに風呂にはいっとるなんて、なんちゅうおもろいことやろ。小太郎かて、こんなところで四百年後の子どもと、〝豊かな湯〟につかっとるなんて、夢としか思えへんやろな。）

　哲也があまり間近《まぢか》で顔を見るので、小太郎は哲也の視線《しせん》をはずすように、湯をチャブチャブとゆすった。湯は跳《は》ねて、哲也にかかった。哲也も同じように湯をゆすった。小太郎の顔にしぶきが跳ねた。小太郎はいたずらっ子のように、哲也に湯を跳ね返した。哲也は両手で水鉄砲《みずでっぽう》を作り、小太郎に湯をかけた。

「おっ」と言って、小太郎もまねをした。

　ふたりは、頭からびしょぬれになって騒いだ。

（今の中学生と変わらんやないか。同じように手足があって、あほなことやるのん好きで。こいつが元服《げんぷく》して、よろい着て、馬に乗って、人の首を切りに行くやなんて、そんなこと、ほんまにあるんやろか。）

5　信長《のぶなが》を討《う》つ！

その日から、小太郎は驚きの声をあげどおしだった。電話が鳴ると、びくっと飛びあがり、お母さんが受話器を取りあげて、しゃべりはじめると、哲也のそでを引っぱる。

「なにゆえ哲也の母御《ははご》は、あれなるものに向かって話をされておるのか」

「あれは電話いうて、遠くにいる人と、話ができる機械や」

「どのくらい、はなれておる人と話せるのか」

「何百メートルでも、何キロメートルでも」

「メートルとか、キロメートルとか、それはなんであろう」

「距離の単位や」

「一里《いちり》は、何メートルであろうか」

「えっ？　うーん、まあ、そういうことにこだわるなよ。あんまり一ぺんに覚えると、頭が破裂《はれつ》するで。つまり電話いうのは、なんぼ遠くでも、線でつながっとって、声だけがそこをつとうていくんや」

「声がどうやって、線を伝うのであろうか」

「声を電気に変える……のかな？」

「電気については、昨日《さくじつ》、江藤どのに教わった。信じられぬ便利さである」

「そやろ。もう電話は、このくらいでええやろ」

「いや、もそっとたずねたい。電話というもの、四百年まえとでも話せようか」

「なんやて？　そら、むりや。四百年まえとは線でつながっとらへん」

「しかし、テレビやラジオのことを教わったとき、電波《でんぱ》というものがあると聞いたのであるが。無線というものも、あるということであった」

「無線で四百年まえと話す、いうのか」

「ワタシは、雷とともに、こちらの世にまいったのではないかと思われる。江藤どのに教わったところによると、雷もまた、電気の作用だというではないか」

「ちょっと、ちょっと、けったいなこと、言いださんといてや。ぼく、頭、こんがらがるで」

聞いていて、おじいさんが笑いだした。

「しかし、小太郎は、なかなかよう考えよるのう。さすが明智《あけち》や」

「明智の殿《との》のことを、江藤うじは、ご存知か」

「江藤うじは、ちょっと肩がこるのう。おじいさんでええ」

「では、おじじどの。殿のことを、どのようにご存知であろうか」

「明智《あけち》惟任《これとう》日向守《ひゅうがのかみ》光秀《みつひで》。織田《おだ》信長《のぶなが》につかえ、天正《てんしょう》十年六月二日、信長を攻めて自殺させる。その後、十三日目に豊臣秀吉《とよとみひでよし》に戦いやぶれ、殺される」

「なに⁉」小太郎は血相《けっそう》を変えた。

「な、なんと、なんと言われた」

小太郎の唇《くちびる》は、こきざみに震《ふる》え、顔は土気色《つちけいろ》になっていた。

おじいさんは小太郎の肩に手を置いて、静かに言って聞かせた。

「びっくりするのも、むりはない。じゃがのう、小太郎くん。これは歴史上の事実なんや。気ぃ静めて聞きなはれや」

哲也は、おじいさんが、とても残酷なことをしているように思えた。

（けど、いつかは言わんならん。ほんまのことやから。）

おじいさんは、本棚《ほんだな》から二、三冊の歴史の本をぬきとった。

「なあ、小太郎くん。信長《のぶなが》いう人がどんなおそろしい人やったか、あんたよう知ってはるやろ」

「信長公は、天下取りをなさる人ゆえ、並《なみ》のおかたではない」

おじいさんはうなずき、哲也と健二のほうへひざを向けた。

「信長のことは、哲也たちもすこしは知っとると思うがの。小太郎くんの生まれるまえに、もうすでに、だいぶ勢力《せいりょく》をひろげておった。

一族の争《あらそ》いに勝って、織田《おだ》のあとつぎとなってから、駿河《するが》——今の静岡県あたりやが、ここの大将をしとった今川義元《いまがわよしもと》を討《う》ちとった。桶狭間《おけはざま》の戦いというやつじゃ。

それから徳川家康《とくがわいえやす》と手を結んで、美濃《みの》——つまり岐阜県《ぎふけん》あたり——をみな、自分の領地《りょうち》にしていったんじゃ。武田信玄《たけだしんげん》と上杉謙信《うえすぎけんしん》が、たたこうたりしとったころやな」

「あっちこっちで陣取《じんと》り合戦《がっせん》しとったんや」

哲也は、テレビでやっている時代劇を思い出しながら、そう言った。

「北陸地方《ほくりくちほう》に朝倉義景《あさくらよしかげ》という武将もおってな、小太郎くんの御主人《ごしゅじん》の明智光秀《あけちみつひで》は、初め、ここにつかえとった。信長が、足利義昭《あしかがよしあき》を京都へ連れてのぼって、室町幕府《むろまちばくふ》のあとをつがせたとき、光秀も信長につかえることになるんじゃ。このころに、小太郎くんは生まれたんやないかの」

小太郎は口を閉じて、おじいさんの言うことを聞いていた。

青い顔に目だけするどく光らせていた。

「将軍義昭は、信長のでかい態度を不満に思うて、義景らと信長を討つ相談をするんじゃ。が、これがばれて、信長は朝倉義景を討ちにでかけるんじゃのう。

信長の妹、お市《いち》の方《かた》を嫁《よめ》さんにしとった浅井長政《あさいながまさ》も、義景の味方《みかた》になったもんで、信長はいったんは兵を引くが、やがて浅井・朝倉連合軍《れんごうぐん》に勝つ。姉川《あねがわ》の戦いじゃ。

小太郎くん、覚えとるかの」

「三才であった。存ぜぬ」小太郎は、ぶっきらぼうに答えた。

「次の年には、信長は、伊勢長島《いせながしま》の一向一揆《いっこういっき》を討ちにでかけた。浄土宗《じょうどしゅう》信者の大集団での、大坂《おおさか》の石山本願寺《いしやまほんがんじ》の命令や言うたら、武器を取って死にものぐるいで戦いよる。

信長は、これをやっつけようと、あっちこっちの村に火ぃつけて焼き討ちにした」

「すこし覚えており申す。わが殿《との》が、坂本に城を築《きず》かれる年であった」

「その坂本のすぐそばの、比叡山《ひえいざん》の延暦寺《えんりゃくじ》を、信長《のぶなが》は焼きはろうた。浅井《あさい》・朝倉連合軍《あさくられんごうぐん》に、延暦寺が味方《みかた》したというてな」

「なんで寺を焼くのや。坊《ぼん》さんは戦いとは関係ないやんか」

哲也がそう言うと、おじいさんは首をふった。

「いや。あそこには僧兵《そうへい》がおってな。これがやたらと強かった。信長の、目の上のたんこぶじゃ。言いがかりをつけて、お寺の建物も、山にいる年寄りも女も子どもも、ひとり残らず、数千人を焼き殺してしもうたんじゃ」

小太郎は、かたい表情のままで言った。

「坂本のお城ができるまえ、ワタシはそのお山の焼け跡《あと》を見たのを覚えている。山の木は焼けはて、お寺は、あとかたもなかった。幼心《おさなごころ》におそろしく思った」

「そうじゃろうのう。天正《てんしょう》元年には、目ざす朝倉義景《あさくらよしかげ》を討《う》ち、義景のお母さんも奥《おく》さんも、小さい子どもまで、みな焼き殺したな、信長は」

「むごいこととは思うが、乱れた世をひとつにするには、涙をのんでやらねばならぬこともござる」

「けど、ちっちゃい子まで……」

哲也が抗議すると、小太郎は哲也のほうへ、まっすぐ向き直って言いすてた。

「子は、やがて親のかたきを討《う》とうとするゆえ」

哲也は、血の気《け》を失った小太郎を見ながら思った。

（こいつのこと、わからんようになった。テレビやったら、こんなこと言うても、おかしぃないけど、今生きとる人間が言うたら、こわいやないか。）

おじいさんは、つづけてたずねた。

「信長《のぶなが》が、浅井久政《あさいひさまさ》・長政《ながまさ》父子と朝倉義景《あさくらよしかげ》のドクロを、ウルシ塗《ぬ》りにして、金箔《きんぱく》をはって、正月の酒《さか》もりのとき、みんなに見せて楽しんだというのは、知っとるかのう」

「ワタシが六才のときであった。ワタシはそのころ、美濃《みの》から坂本城に移り住んでいて、お城でうわさを聞いたことがあった。むごいことを、と思った」

「次の年には、また信長は、越前《えちぜん》の一向一揆《いっこういっき》を討《う》ちにでかけて、信徒《しんと》二万人を、女も子どもも、焼き殺したのう」

「信長いうのは、やたらと人を殺しよるやないか」

と、哲也は叫《さけ》んでしまった。小太郎はうなずいた。

「戦《いくさ》であるから」

小太郎はまだ青い顔をしていたが、

だいぶ落ちついてきていた。哲也は身震《みぶる》いした。

（小太郎は、ぼくらと、ものの感じ方が違《ちが》う。刀を警察にあずける気になってくれてよかった。

バッサリと、だれぞ切りよったら、えらいこっちゃ。）

「しかし、信長公は、人を殺すだけのおかたではござらぬ。目をうばうばかりに美しい安土《あづち》城《じょう》を築《きず》かれ、茶の湯もたしなまれる。すもうもごらんになる。昨年には、安土の寺に、ちょうちんをつるして、夜の闇《やみ》にお城を浮かびあがらせ、それは見事であったと聞いている」

「へーえ、信長って、パフォーマンスやりよったんか」

暗い話からそれたので、哲也はうれしかった。

それなのに、おじいさんは、また血なまぐさい話を持ちだした。

「光秀《みつひで》のことやけどな。光秀いうて、あんたの御主人《ごしゅじん》呼びすてにして悪いけど、

今は歴史上の人物になっとるさかい、かんにんしてや。信長《のぶなが》が、光秀《みつひで》に丹波《たんば》を攻めるように言うたんは、あんたのいくつのときやったかいな」

「十一才でござった。坂本のお城が、大騒ぎしておったのを覚えており申す」

「丹波の八上城《やかみじょう》を攻めたんやな」

「山の城で攻めにくく、難儀《なんぎ》したと聞いている」

「光秀は、城主《じょうしゅ》が降伏《こうふく》して城をでてきたら、家来《けらい》ともども命は助けると約束して、代わりに、義理のお母さんを、人質《ひとじち》としてさしだしたんじゃのう。ところが、信長はその約束を無視して、城主の首を切ってしもうた。


怒った八上城の城兵《じょうへい》たちは、光秀の義理のお母さんを殺したと言われとる」


小太郎は、ほおに血をのぼらせた。

「村重《むらしげ》どのにも、信長公は、むごいしうちをなされた」

「信長の家臣《かしん》、荒木村重《あらきむらしげ》じゃな。兵庫県伊丹《ひょうごけんいたみ》の城主《じょうしゅ》やった人じゃ。包囲《ほうい》しとる敵がたに、部下がこっそり米を売った。信長は、村重が敵に通じとると、うたごうたんじゃ」

「村重どのは、信長公にむほんの気などなかったのだ。しかし信長公は、いったん疑いを持つと、決して許さぬかたゆえ、村重どのは、言いわけをされなかった」

「信長は、自分にそむくもんは、徹底的《てっていてき》にやっつけるのう。村重の奥《おく》さんも子どもも、家来も、その家族も、はりつけやら焼き殺しやら、六百人以上がみな殺《ごろ》しにされたな。

村重をかくまった高野山《こうやさん》の坊《ぼう》さんたち数百人も殺した」

「殿《との》は、あのときも、なんとか、あいだを取りもとうと苦労をなされたのだ。

しかし、信長公は聞く耳を持たれなかった。それのみか、大勢の前で殿を打たれた。

役目をはたせなかったと、ののしられた」

「ほかにも、たびたび、そういうことはあったんやないかのう」

小太郎は、暗い目をして声を落とした。

「ゆえなく頭を打たれしことといくたびか、とお城で聞き申した。信長公は天下人《てんかびと》になられるおかたゆえ、殿は忠義《ちゅうぎ》をつくしておられるが、お心の内は、くやしさでいっぱいであろうと、斎藤利三《さいとうとしみつ》どのの言われるを、聞いたことがござる」

「残酷で、自分がこうと思うたことは、とことんやるのが信長やのう。

天下を取るにはそれでのうては、やれんかったやろうけども、家臣にしてみたら、ほんまに、油断のならん主君《しゅくん》じゃ。いつなんどき、自分も追いはらわれるかわからん」

「しかし……それだけで、殿《との》がむほんをおこされるであろうか」

おじいさんは立っていって、自分の部屋の壁《かべ》からカレンダーをはずしてきた。

「これを見てみなはれ」

「あれ、このカレンダー、おかしいで」

それまで、じーっとだまって話を聞いていた健二が、カレンダーをのぞいた。

「一月も二月も、二十九日しか、ないやんか。三月も三十日しか、あらへん」

哲也も、このカレンダーが、おじいさんの部屋にかかっていたのは知っていたが、そんなことは気づかなかった。おじいさんはちょっと得意顔《とくいがお》で笑った。

「これは太陰暦《たいいんれき》。昔の暦《こよみ》じゃ。めずらしいから、大阪でこうてきた」

小太郎はカレンダーをのぞいて、ふしぎそうな顔をした。

「こんなアラビア数字は、小太郎くんは知らんやろうな。今つかわれている数のあらわし方じゃ。昔は、月が地球のまわりを一周する時間をもとに暦を作っておったが、今は、地球が太陽をひとまわりする時間をもとに作る。

そやから、小太郎くんのころの暦と、今の暦は、だいぶずれがあるんじゃ」

哲也ものぞきこんで、驚きの声をあげた。

「へーえ、えらいずれとる。きょうは五月十一日やのに、昔の暦で見ると、三月二十六日や」

「武田信玄《たけだしんげん》の息子《むすこ》、勝頼《かつより》が討《う》たれたのは、三月十一日といわれとる。

二か月もまえのことのような気がするけども、太陰暦の三月十一日じゃからな。

小太郎くんにしてみれば、つい半月ほどまえの事件ということになるじゃろ」

「勝頼殿が切腹《せっぷく》されたときのようすは、つい先日、なまなましく耳にしたばかりでござる。

そのおり、殿はまた、信長公《のぶながこう》にしのびがたいのののしりを受けられたとか」

「光秀《みつひで》が、『これで苦労したかいがあった』と喜んだら、信長が怒って、『お前がどこで苦労したというのだ。えらそうなことを言うな』と、怒鳴《どな》ったそうじゃのう。光秀のまげをつかんで、頭を縁側《えんがわ》の手すりに打ちつけて血を流させたということじゃ」

小太郎はそれを聞くと、目を見開き、息をつめた。

「見てきたようなことを！　おじじどのは半月まえ、天正《てんしょう》の世にタイムスリップされておったのか？」

「わしが、タイムスリップじゃと？」おじいさんは、目を白黒させた。

「では、なぜそのような、人の言葉の、はしばしまで知っておられる」

「歴史の本に書いてあるのじゃよ」

「だれが、なにを言った、ということまでか？」

「そうじゃ。こういうことも書いてある。光秀《みつひで》はまもなく、中国地方で戦っている秀吉《ひでよし》を助けるために、出陣《しゅつじん》を命じられるのじゃが、その直前、信長《のぶなが》はこう言うのじゃ。

『これまでお前が治《おさ》めてきた丹波《たんば》も近江《おうみ》も、みな取りあげることにする。新しい領地《りょうち》は、これから戦って取ったら、あたえよう』」

小太郎は、本を持っているおじいさんの手を、ぐいっとつかんだ。

「のう、小太郎くん。そのとき、信長はほんのちょっぴりの供《とも》の者だけ連れて、京都の本能寺《ほんのうじ》に泊《と》まりに行くのじゃ。ほかの信長の家臣《かしん》は、みな、それぞれに遠いところへ軍をだしておった。光秀だけが一万三千の兵を連れて、京都のすぐ近くにおった。

こんな機会は、あとにも先にも二度とは、こん」

哲也は、思わずげんこつをかためてしまった。

「お兄ちゃんまで、なに、力入れとるんや」と、健二が言った。

「お前は、なにをのんきにしとる。信長の最高幹部《さいこうかんぶ》が、なんのわけもなく、家臣もろとも『家なき子』になるんやで。宿《やど》なし集団の大軍《たいぐん》が、そのまま遠くへ戦いに行かされるんや。お父さんが役所を首になるのとは、わけがちがうで。転職《てんしょく》したらすむことやない。自分の名誉《めいよ》と、家臣ら一族みんなの命がかかっとるんや」

突然、小太郎は腹《はら》の底からしぼりだすように言った。

「いたしかたないではないか。それより道はないではないか。――信長を討《う》つ！」

小太郎はぐいと左手を、畳《たたみ》の上に伸《の》ばした。なにかをつかみとるような手つきをして、はっとひっこめた。

（小太郎は、なにをしようとしたんやろ。）

哲也は、（あっ。）と思った。

（置いてあるつもりの刀を、つかもうとしたんや。小太郎の生きとる世界いうのは、生きるとか死ぬとかが、あんまりそばにあって、おそろしいやないか。

昔の十五才って、こないに、ものすごいもんか……。）

6　ビデオと木刀《ぼくとう》

その日から小太郎は、ほとんどものを言わなくなった。うつろな目をして、どこかをぼんやり見ていたり、はっとあたりを見まわして、それから悲しそうな表情をしたりした。

おじいさんは、だいじにしていた青銅《せいどう》の飾り皿をみがいて、小太郎にやった。

親戚《しんせき》の西田のおじさんが、南米《なんべい》のペルーからおみやげに買ってきてくれたもので、直径十センチばかりの、丸い緑色の皿だ。

まん中に、昔のインカ帝国のシンボルマークのような、男の人の姿が浮《う》き彫《ぼ》りにされている。

これを見て小太郎が、「溝尾《みぞお》どのに似ている」と言ったらしい。

丸いかぶとをかぶった男は、頭でっかちで、寄り目で、なかなか愛きょうがある。

「遠い国の勇者《ゆうしゃ》が、明智《あけち》の重臣《じゅうしん》、溝尾庄兵衛《みぞおしょうべえ》に似ているというのも、なにかの御縁《ごえん》じゃのう」

と、おじいさんは言った。

小太郎の気持ちを、なぐさめるつもりだったにちがいない。

小太郎はそれをもらって、なつかしげにながめ、自分用に貸してもらった小机《こづくえ》の上に飾った。

小太郎は、毎日その机の前に座っていた。

哲也が話しかけると、トンチンカンな返事をしたりした。

「困ったなあ、健二。ぼく、どないしてやることもできんわ」

健二は、案外、さばさばしていた。

「ごちゃごちゃ言うより、そっとしておいてやったら、ええのとちがうか。

いきなり四百年後の世界にきてしもたと知ったときかて、立ち直りよったんや。

しばらくしたら、また元気になるよ」

「そうやな。お前、弟ながら、なかなかえらいやつやな」

哲也がほめると、健二は、「へへ」と笑って手をだした。

「ちょっと、小遣《こづか》い貸してんか」

「あほ、調子に乗るな」

哲也は、健二のてのひらを、ペシャンとたたいた。

「ぼくらも小太郎に、なんぞ喜びそうなもの、こうてやろ思たんやけど、ほんならやめとくわ」

健二は手をひっこめた。

「あ、待て。なに買うんや」

「刀」

「なに？」

（健二も、このあいだ小太郎が、無意識に伸《の》ばした手を見とったんや。）

「ほんまもんやないで、もちろん。木刀《ぼくとう》」

「そんなもんやったら、よけい昔を思い出すやないか」

「やらんかて思い出しとるわ。忘れろて、言うほうがむりや」

「そうやな。そういえばあいつ、なんや腰《こし》のへんがさびしそうや。ときどき、腰のあたりにふいっと手をやって『あ』いう顔しよるな。剣道部《けんどうぶ》のやつに、竹刀《しない》の古いの貸してもろてもええで」

「竹刀は太いさかい、腰にさしたらかさばる。西田のおっちゃんが、近いうちに京都へ行く言うてはったさかい、木刀こうてきてもらうように、頼《たの》むわ」

健二は、あらためて手をだした。

「なんぼ、いるんや」

「なんぼでも。おこころざし」

「これでええか」

哲也は貯金箱を開けて、千円札を一枚取りだした。

「木刀《ぼくとう》て、高いのやで」

「しゃあないな」

哲也はもう一枚、千円札を置いた。

「もうひと声」

「あほ。これ以上ははいっとらへん。お前もだせ」

「ほんならそうする。おおきに」

健二の言った木刀は、その後、なかなかやってこなかった。

「西田のおっちゃんが、かぜひいてはる」

と、健二は言った。

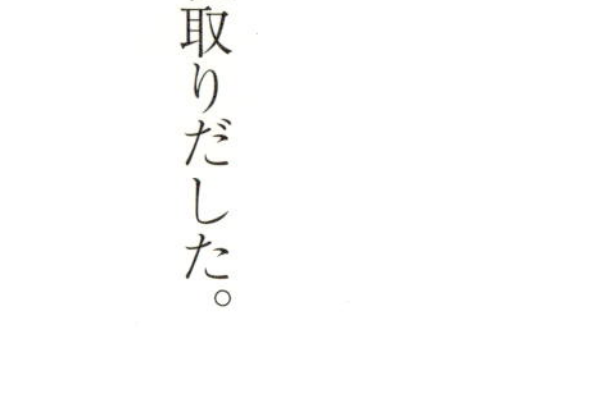

哲也は学校で、仮入部《かり》していたサッカー部に、正式入部した。

一年生も毎日、朝練習と夕練習があり、帰りはまえより二時間も遅《おそ》くなった。

小太郎は、おじいさんの部屋で、本ばかり読んでいた。おじいさんの部屋は、家のいちばん東側にある和室《わしつ》で、片側の壁《かべ》一面が本棚《ほんだな》になっており、歴史の本がぎっしりつまっている。

ふすまをへだてて、哲也と健二の部屋がある。こっちは、床《ゆか》は板ばりで、二段ベッドが置いてある。小太郎は、おじいさんの部屋にふとんをしいて寝ている。

一週間ほどしたある日、健二がにこにこしながら、木刀《ぼくとう》を持って帰ってきた。

「ほれ」

「なんや、ちょっと古そうやないか」

「こういうもんは、古いほど、ねうちがあるんや」

(そんなもんか。)と哲也は思った。

「なんぼやった」

「まあ、ええやないか。二千円では買えへんのやで」

おじいさんの部屋に行くと、小太郎はきちんと正座して、〝ペルーの溝尾《みぞお》庄《しょう》兵衛《べえ》〟の前で本を読んでいた。おじいさんは、縁側《えんがわ》で新聞を読んでいた。

「これ、ぼくと健二からのプレゼントや」

哲也が木刀《ぼくとう》をさしだすと、

「プレ……?」

と、小太郎は首をかしげた。

「おくりものや」

小太郎は、なんともいえない顔をして、木刀を手に取った。

右手で持ち、ちょっと重さを確かめたかと思うと、次の瞬間《しゅんかん》、さっと立ちあがっていた。

両手でまっすぐ木刀を持って、中段に構《かま》え、切《き》っ先《さき》を哲也の顔に向けた。

と思うと、大きくふりかぶり、哲也たちの目の前に、風を切ってふりおろした。

「ぎえっ」

哲也と健二は、腰《こし》をぬかした。

「や、やめてくれ。まだ死にとうない」

哲也は、フガフガと畳《たたみ》にへばりついたまま、防《ふせ》ぐように片手をかざした。

小太郎はかすかに笑った。

「あ、わろうた」

健二が、畳にはいつくばったまま、そう言った。小太郎はきちんと座り直し、自分の前に木刀を置いて、ふたりに一礼した。

「かたじけない。お気持ち、ありがたくござる」

そして腰に木刀をさすと、縁側にでていき、こっちを見ていたおじいさんに頼《たの》んだ。

「明日《みょうにち》、御城下《ごじょうか》へ連れていっていただきとうござる」

おじいさんは、にっこりした。

「おお、とうとうその気になったか」

夕食のとき、電話がかかってきた。近くにいた哲也がでると、西田のおじさんからだった。

「あ、刀、おおきに」

と言うと、おじさんは、

「え？」

と言った。

「京都から、わざわざ長いもん持って帰ってきてもろて」

「ああ、そうめんのことか。なんでわかった？ わし、そうめんをぎょうさんもろたさかい、あしたにでも、おすそわけに持っていこ思うてな、電話したんや」

「そうめん？」

「なんや、そうめんのことやないのか」

「まあまあ」

と言って、健二が寄ってきた。哲也からさっと受話器を取りあげると、

「おっちゃん、そうめん持ってきてくれるんか。楽しみにしとるわ。ほな、さいなら」

そう言って切ってしまった。お母さんが、へんな顔をした。

「西田のおっちゃんからやないの？」

「健二、なんぞぐあいの悪いこと、しでかしたんとちがうか」

お父さんが食後のお茶を飲みながら、にやにやした。それで、やっと哲也は気づいた。

「健二！」

ぱっと逃げだしかける弟のえり首を捕まえた。

「木刀《ぼくとう》、西田のおっちゃんに頼《たの》んだんやないやろ」

「……」

「あの木刀は、どないしたんや」

「……大介《だいすけ》んとこで、もろた」

「大介て、お前の友だちのか」

「そうや。あいつのうちに、古い木刀がある、いうて聞いたさかい」

「だいじなもんとちがうのか」

「ずっとまえに下宿してはった人が、置いていったもんで、もういらんのやて」

「ほんなら、ぼくの金はどないした」

「あ、本をこうてきた。小太郎に見せよう思うて」

「その本は、どこや」

「あれ」

健二は、茶の間のすみにある紙袋を指さした。

「持ってこい」

持ってくると、健二は、袋のなかからマンガの本を三冊取りだした。

「『新選組《しんせんぐみ》ララバイ』、なんやこれは。このマンガを小太郎に見せるつもりやったんか」

「江戸幕府《えどばくふ》かて、しまいにはつぶれたんや。天下を取ったかて、結局はこうなる。人間の運命いうもんは、はかないもんや。光秀《みつひで》が死んだちゅうて、そない悲しんだらいかん。そういうことを教えたろ思うて」

「おい」

哲也は、マンガの表紙をじっと見た。

「これも、なんや古いな」

「え？ そうかなあ」

「この紙袋、山本菓子店て書いてあるな。お前、菓子屋で本こうてきたんか」

「……」

「健二！」

「はい」

哲也は、健二の肩を、ゆさゆさとゆすった。

「ぼくの大金、どないした」

「大金？ そんなもん知らんで」

「大金というか、二千円、どないした」

「……ビデオ買うために、貯金しとんのや、ぼく」

お父さんとお母さんは、顔を見あわせた。哲也の家にはビデオがない。

次々に新しい機種がでて安くなるから、そのうちに、と買ってなかったのだ。

「ビデオとは、なんであろうか」

小太郎がたずねた。

「テレビの番組を録画《ろくが》しといて、あとで見られるんや。

テレビの番組やのうても、テレビにかけて見られるテープいうもんもあるんや」

健二は、勢いこんで説明した。

「健二、それで、なんぼたまった？」

と、お父さんが聞いた。

「三万五千円」

「そうか。ほんなら、今度のボーナスで、不足ぶんを足して買うとするか。なあ、お母さん」

お母さんもうなずいた。

「えーっ、ほんま?」

喜びの声をあげたのは、哲也だった。哲也だって、ビデオはほしかったのだ。

健二のように、〝大金〟をためる才能に欠けていただけだ。

(ぼくの二千円も、はいっとるんや。大きい顔してつこうてやるで。)

小太郎は、考え深そうな目をして、だまってこの会話を聞いていた。

7　まぼろしの城

日曜の朝早く、小太郎と哲也は家をでた。健二も、めずらしく早起きしてついてきた。

おじいさんはもともと早起きだから、みんなの先頭に立って、はりきってでかけた。

西光寺《さいこうじ》の角《かど》をまがり、北町の商店街を、城跡《しろあと》のほうへ向かった。

まだ、人通りはほとんどない。

現代の町を歩くのは、小太郎は初めてだ。退院のとき、車では通ったことがあるし、家のなかでは、毎日テレビも見るようになっていた。本や新聞も読み、知識だけはあったはずだけれど、じっさいに見ると、小太郎は、町なみの変わりように胸をつかれたようだった。

ときどき歩みを止めて、放心《ほうしん》したようになった。

（小太郎がテレビで見とった東京のビル街《がい》なんか、もっとすごい変わりようやけど、あれはぼくらが、テレビで宇宙基地の未来都市を、見てるような感じやったんやろな。)

と、哲也は思った。

おじいさんは、手に地図を二枚持っていた。

「これは、今の亀岡の街の地図。こっちは城下《じょうか》の古地図じゃ」

小太郎は、じっと古い絵地図をのぞきこんだ。

「これは、ワタシの知る城より大きいようだが。それに堀《ほり》も、だいぶ形を変えている。御門《ごもん》も、このように整《ととの》ってはいなかった」

「そうじゃろうのう。これは寛政《かんせい》五年に書かれたものじゃ」

「寛政いうたら、いつごろや？　おじいさん」

「一七九三年と書いてある。二百年くらいまえやのう。

小太郎くんのころと、今とのまん中あたりじゃ」

「江戸時代の、なかばごろでござる」

小太郎がさらりと言ったので、哲也はびっくりした。

(歴史の本ばっかり読んどったけど、ごっつう勉強しよったんや。

ぼくよりよっぽど知っとるで。）

「お城は改築《かいちく》されたのじゃ。江戸時代の初めに、大きく建て直され、堀もひろくされたと、記録にある。小太郎くんのころの城の記録は、どこにも残されておらんのじゃが、そうか、やっぱりもっと質素《しっそ》なものだったんじゃな。あのころは戦乱の世じゃったから、光秀《みつひで》が城を築《きず》くのも、容易《ようい》ではなかったじゃろう。しかし、今はどっちの城も、のうなってしもうた…」

道はばの狭《せま》い商店街をぬけ、大通りとまじわるところで、哲也は立ち止まった。

「ここやで、小太郎が馬に乗って現れたんは」

「ここは、城の西門《にしもん》があったところじゃ」

「西門！」

小太郎は、息をはずませた。

「ワタシは、まさに西門をでようとしておった。若ぎみの〝白雪《しらゆき》〟が、西門から走りでたのを追っていた。ここが西門だとすると、このあたりは、荒塚村《あらつかむら》であったのだが」

小太郎は首をまわして、あたりをながめた。

もちろんそこに、〝村〟はなく、駅の方向に、スーパーの高いビルが白くそびえて見えた。

駅前の南郷公園《なんごう》にでると、小太郎は興奮して足を速めた。

「これは、内堀《うちぼり》ではないか」

深くよどんだ緑色の水をたたえた南郷池《なんごういけ》は、長く弓なりに城跡《しろあと》の丘を囲んでいた。

対岸には木がうっそうとしげっている。

小太郎は、じっと森の上を見ていた。健二がささやいた。

「小太郎、なにを考えとるんかな」

「チヨノマツガエ、ワケイデシ、ムカシノヒカリ、イマイズコ」

と、哲也は答えた。

小太郎の背中は、動かなかった。哲也は冗談《じょうだん》半分に口にした「荒城《こうじょう》の月《つき》」の詩が、ほんとうに、小太郎の胸《むね》のなかを行き来しているように感じた。なにもない空の向こうに、天守閣《てんしゅかく》がそびえ立っているのが見える気がした。

四人は道をまがって、城跡へはいることにした。城跡は、今は、「宗教法人大本《しゅうきょうほうじんおおもと》」の本部になっている。

黒木の門をはいり、砂利《じゃり》のしきつめられた、まっすぐな松並木の道を歩いていった。

「石垣《いしがき》！」

と、小太郎が叫《さけ》んだ。ほおに赤みがさしている。

「そのままでござる。石垣でござる」

ここにもわずかに内堀が残っていて、高い石垣と石垣のあいだに、青い水が見えた。

四人は万祥殿《ばんしょうでん》でおはらいをしてもらい、天守閣のあった小高い丘にのぼっていった。

石垣はコケむしていて、高く美しい曲線をえがいている。

石段をのぼりながら、小太郎の足は、ときどき止まってしまった。

哲也たちはそのたびにだまって、小太郎がまた歩きだすのを待った。

頂上には高い松の木、もみの木がはえていて、「大本」の御神体《ごしんたい》が奉《まつ》られていた。

おじいさんは手をあわせた。哲也と健二もまねをしたが、
小太郎は口をかたく引き結んだまま、焦点《しょうてん》のあわない目で、じっとなにかを見つめていた。

(小太郎には、城が見えるんやろな。つい二十日ほどまえまで、
ここに、ほんまに建っとったわけやから。)

「殿《との》はこの城で、若ぎみによく遠い世のことなど語られた。ワタシも共に教えを受けたものだ。

しかし、四百年後のことは、殿《との》といえども、見えはしなかった」

おじいさんも、しみじみと言った。

「光秀《みつひで》という人は、信長《のぶなが》の家臣《かしん》のなかでも、群をぬいて教養豊かな人じゃったというのう。文学も深く理解しとったし、砲術《ほうじゅつ》にもくわしく、城を築《きず》く専門知識も、なかなかのもんであったらしいな。光秀がここらを治《おさ》めておったとき、町人も農民も、その徳《とく》をしとうておって、今でも福知山《ふくちやま》では、御霊神社《ごりょうじんじゃ》で毎年供養《くよう》をしとるそうな」

「福知山にも、殿は城を持っておられた」

「なあ、小太郎くん。信長のあと、天下を取った秀吉《ひでよし》や家康《いえやす》は、自分らもむほんにあうと困るさかい、光秀のことを『むほん人、大悪人』いうてムキになった。根こそぎ残党狩《ざんとうが》りまでしておさえたのに、ほんまに光秀を知る人は、こっそりお奉《まつ》りしとったんやで」

小太郎はすこし明るい顔になり、そばの大きな木に背をもたせかけ、空を見た。

木の枝からもれる日の光が、小太郎の顔にちらちらと落ちた。

小太郎は、急にガバッと体を起こした。

大きな木からはなれると、その木をしげしげとながめた。小太郎と哲也と健二の三人で手を

つないでも、まだ余りそうな太い木だ。

「これは、銀杏《いちょう》ではないか」

「そうや。ごっつい木やな」

「この木は、もしや、あの木ではなかろうか」

「あの木？」

「殿《との》が手ずから植えられた……。病《やまい》がちの若ぎみの、すこやかな成長を願って植えられたのだ。

若ぎみとワタシは、よく若木のかたわらに立ち、将来のことなど語りあった。

この木が大木《たいぼく》になったとき、この国はいかなる国になっているであろうかと——。

若ぎみは、体をきたえて強くなりたいと言われた。あの日も馬術《ばじゅつ》にはげもうと、
お城をおりたところであったのに……」

小太郎の気のすむまで、銀杏の下に立たせてやってから、哲也たちは丘をおりた。

旅篭町《はたごまち》へまがるところで、おじいさんが教えた。

「ここが古世門《こせもん》のあったところや」

「古世門？　そのような門はなかったが」

「そうか。やっぱり古世門は、江戸時代に作られた門なんやのう。ここは、大手門《おおてもん》からちょっと東寄りにあたるところじゃ」

それを聞くと小太郎は、なぜか顔を赤らめた。

「大手門の東に、昔、なにかあったんか」

「……たえどのの、屋敷《やしき》が」

小太郎は小さい声でそう言うと、怒ったように歩きだした。

「たえどのって、だれや」

追いかけて聞こうとする哲也を、健二が引っぱった。

「お兄ちゃん、ヤボなこと聞くなよ」

おじいさんが笑った。

「許嫁《いいなづけ》か、なにかやないかのう」

「許嫁？」

哲也は、すっとんきょうな声をあげた。

「十五才で、婚約者《こんやくしゃ》がおったんか」

「昔は、早婚《そうこん》やったでのう。もう元服《げんぷく》近かったんや。べつに早すぎはせんやろ」

哲也は小太郎に追いついて、肩をひとつこづいた。

「このヤロ」

小太郎は、なぜこづかれたかわかったとみえて、ますます赤くなり、哲也の顔を見ないようにして、逃げるように足ばやに歩いた。

哲也は、ふっと小太郎がかわいそうになった。

（なんぼ思うたかて、〝たえどの〟はもう過去の人なんや。）

中学校が見えた。校庭には人影《ひとかげ》はない。部活の練習が始まるには、まだすこし時間がある。

校庭の横に、小さな石の鳥居《とりい》があって、古い神社がある。そこが昔の大手門《おおてもん》なのであった。

「大手門をはいるとすぐ右に、殿《との》や若ぎみのお住まいがあった」

と小太郎は言い、その本陣跡《ほんじんあと》に建っている中学校の校舎《こうしゃ》を見あげた。

「ぼく、毎日その上で勉強しとったわけか」

哲也は、ふしぎな気持ちだった。

「秀才《しゅうさい》の明智《あけち》の殿のゴリヤクいうもんが、ちょっとはあってもよさそうなもんやけどな」

健二はそう言って、さっと逃げる身構《みがま》えをした。

「ここが大手門であるとするならば、左手にワタシの屋敷《やしき》があったのだが」

小太郎は中学の校庭を歩きまわり、校舎ぞいに、正面玄関の前へでてきた。

「よくわからぬ。このあたりではなかろうか、と思うのだが」

そう言って、そこに立っている街灯《がいとう》の柱に片手をつき、あたりを見まわした。

「屋敷はない。どこにも。だれもかれも、みんな消えてしまった」

天守跡《てんしゅあと》よりもどこよりも長く、小太郎はそこにいた。

（小太郎は、これまでお父さんのこともお母さんのことも、ほとんど口にしたことがなかったけど、小太郎にかて、お父さんやお母さんや家族がおったんや。今はだれもおらへん。けど、ぼくが約束したで。小太郎を見すてへん、て。）

哲也がいつも見なれている学校の石碑《せきひ》が、目の前にあった。

ふり返ると、小太郎の目もそこに向けられていた。石碑にはこう書かれていた。

〈正義の希望空高く　螢雪《けいせつ》の友ここにあり〉

8　アルバイトでござる

六月もなかばになった。梅雨《つゆ》だというのに、あまり雨が降らなかった。

哲也は学校でサッカーの練習がいそがしくなり、毎日帰りが遅《おそ》くなった。

小太郎といっしょにいる時間は、まえよりだいぶ短くなってしまった。

「お兄ちゃん、小太郎は毎日、なにしとるか知ってるか」

と健二が言っても、すぐには答えられなかった。

「歴史の本、読んどるのやないのか」

「ぼくの小さいときからの教科書を読んどる」

「教科書?」

「国語を、まず六年生までやって、今の言葉のつかい方を勉強しよった。漢字がやさし

なりすぎてわかりにくい、言うとった。社会科は、おじいさんに教えてもろてるけど、どうもようわからんところがあるらしいで。今は算数やっとるわ。『一を聞いて十を知る』やて、おじいさんが言うてはった。小太郎は、ほんまは理科がいちばんおもしろそうやて言うとるで。お兄ちゃん、うっかりしとったら、追いこされてしまうのとちがうか」

「うーん、小太郎は、確かにぼくより頭よさそうや」

哲也に、ぱっといい考えがひらめいた。

（サッカーでくたびれたとき、宿題やってもろたらええ。小太郎の勉強のためにもなるし。はよう追いこしてくれや。）

そのうち、お母さんがお父さんに相談するようになった。

「小太郎くんを、このまま家に置いといてええのかしらん。家のなかで、ひとりで勉強してるより、学校にはいったほうが、ええのとちがう？」

「それは考えとるんやけど、ほんまの年令も住所もわからんしな。もしかして、もう中学校は卒業しとるかもしれん」

「健二の教科書で勉強してるの見てると、中学卒業してるようには見えへんけど。わかることと、わからんことの差が大きすぎるのよね。というて、知能が低い、いうのとはぜんぜん違《ちが》うし。おじいさんに聞いたら、するどい質問するさかい、たじたじやて言うてはる。外来語がまるきりわからんくせに、古文書《こもんじょ》は大人でも読めんようなのを、すらすら読むんやて」

「今のところはおじいさんにまかせて、二学期からでも、教育委員会に相談してみるか」

と、お父さんは言った。


ある日、小太郎は、お父さんの前に座って手をついた。

「お願いがござる。ワタシは、アルバイトというものをやりたいのだが」

「アルバイト！」

その場にいた家族全員、目をむいた。

「きのう、テレビを見ていたら、学生のアルバイト特集がござった。ハンバーガーとかいう食べものを、売っており申した。家庭教師というのもあるようでござる。道路工事の現場で、通行の車を整理するために、ピッと笛を吹いて、旗《はた》をふる役もあるようであった」

「おいおい、小太郎」

哲也はあわてた。

「その、ピッちゅうて、旗《はた》をふるのをやる気やないやろね」

「いや。ピッというのはあぶない。車の速さや感覚がよくわからぬ。また、はねられるのは、遠慮したい」

「ほんなら、まさか、家庭教師……」

小太郎は、笑いだした。

「まさか。健二どのの教科書すら、まだ理解できぬ部分がござる」

「そしたら、ハンバーガー」

「いや、そうではござらぬ。そこで江藤どのに、お願いがござる」

お父さんは、緊張《きんちょう》した。

「駅前に観光案内所がござる。あれは江藤どののお役所が、やっておられると聞き申した」

「確かに、うちの観光課の出張所《しゅっちょうしょ》やけども」

「あれなる場所で、ワタシを働かせてはいただけまいか」

お父さんは、意外な申し出に、一瞬《いっしゅん》言葉がでないようだった。

「働くと言うても……」

「観光案内でござる。この町の観光は、お城が中心と見うけた。お城のことを説明し、案内するのならば、ワタシはだれにもおとらぬ働きができよう。まげも衣類もこのままにあそこに立てば、人びとはワタシをめずらしがり、お客がふえるのではなかろうか」

「ほーう」と、おじいさんはため息をついた。お父さんは、うなって考えこんでしまった。

「そら、ええ！」と賛成したのは、哲也だった。

「そら、かっこええわ。ミス着物とか、ミスさくらとかあるじゃん。

ミスター亀山城いうのも、ごっつういかすで」

「みんな、じろじろ見よるで。ええのか」と、健二は心配した。

「このまえ、城跡《しろあと》を歩いたとき、じろじろ見る人がおったゆえ、思いついたことでござる。大勢が興味を持ってくれれば、ワタシの仕事は成功いたす」

（なんちゅう頭の切りかえの早いやつや。城跡の銀杏《いちょう》の木の下で、ボーと立っとったくせに、そのお城をアルバイトにつかおういうんや。）

「小太郎がその気になったんや。ぼくは応援するで。な、お父さん」

お父さんは腕《うで》ぐみをして、まだうなっていた。するとお母さんが、にこにこと提案をした。

「『光秀《みつひで》もなか』とか、『サムライだんご』とかも売ったらどう？

『むほんようかん』に、『敵は本能寺《ほんのうじ》にアラレ』……」

「お母さん！」哲也もさすがにひやっとして、お母さんを引っぱった。小太郎は怒らなかった。

「良子《よしこ》どのは、なかなか知恵者《ちえしゃ》でござるな」

「でしょう？　ほれ、見てみ。なんやったら、わたしも衣装《いしょう》つけて、姫《ひめ》ぎみをやってもええわ。

光秀の娘さんに、玉子《たまこ》という人おったでしょ。細川忠興《ほそかわただおき》と結婚して、有名なガラシア夫人にならはった、才色兼備《さいしょくけんび》の人……」

お父さんはわざとのように、お母さんを無視して、小太郎に言った。

「いちおう聞いてみてあげるわ。わたしとしては、やらせてあげたいけど、前例のないことやさかい」

翌日、お父さんは、よい知らせを持って帰ってきた。

「小太郎くんの年令が、問題になったんや。中学校を卒業しとったら、働いてもろうてもええけど、中学生やったら、やとうわけにはいかんさかい。

いちおうボランティアみたいな形でやってもろて……」

「ボランティアとは、なんであろうか」

「無料奉仕《むりょうほうし》いうことやわ。小太郎くんはお金が目的やないもんね」

と、お母さんは、小太郎の希望がかなえられたことを、単純に喜んだ。みんな同感だったのだ。

「いや、それは困る」と小太郎が言ったとき、哲也も意外な気がした。

「報酬《ほうしゅう》をいただけないのであろうか」

（小太郎て、こんなガメツイやつやったんか。）

哲也が、とがめるような目つきをすると、健二が怒った。

「仕事して、ただやていうのは、そら、おかしいで。小太郎の言うのがあたりまえや。

役所こそガメツイのとちがうか」

お父さんは、手をふった。

「話は最後まで聞いてや。いちおうボランティアとしてやってもろて、別にお礼という形で、
小太郎くんには応分《おうぶん》のお金をはらう、ということや。そら、小太郎くんかて、

小遣《こづか》いがいるもんなあ。もっとはよう気ぃつかんで悪かったな、て思うとるのや」

するると、小太郎はあわてた。

「いや。そういうことではござらぬ。実は、ビデオのための残りの費用を作りたいと思ったのでござる。ワタシが世話になっていて、江藤どのの家も、なにかと物入りであろうと、心苦しく思っており申したゆえ」

早くもお母さんは、涙ぐんだ。

「そんな心配いらんのえ」などと言って、飛びついていかないうちに、

哲也は先まわりして、言った。

「小太郎、お前、ええやつやな。観光案内所で顔売って、市長になるとええわ」

「市長というと?」

「亀岡を治《おさ》めるのや。この町の大将やで」

「藩主《はんしゅ》でござるか」

「そんなようなもんや」

「しかし、家臣《かしん》がおらぬではないか」

「役所の人が、みな家臣みたいなもんやわ。な、お父さん」

お父さんは苦笑《くしょう》した。

「市長は、市長の子がなるのとはちがうで、小太郎くん。藩主みたいに、代々あとをつぐんやないのや。若ぎみであっても、市長になりたかったら、選挙にでんならん」

「選挙?」

「亀岡に住んどる大人が、みんなで、自分がええと思う人を投票して選ぶんや。日本の国全体かて、刀や鉄砲《てっぽう》でたたこうて天下取りするんやない」

「戦《いくさ》はこの世では、もうおこらぬと言われるか。警察へ刀をわたせと言われたは、そういうことであったのか」

「そうや。戦知らずのハライソや」健二があっさりと、そう言った。

小太郎が、観光案内所にでるようになった。サムライ姿は、やはり人びとの注目を集めた。

「小太郎さんは、男前やさかい、女の子がキャアキャア言うて見にくるのよ。わたしがちょっとのぞいたときには、観光にきた若い女の子が、いっしょに写真とってた」

お母さんは、気がもめるようだった。

「まえに、テレビや新聞に、小太郎くんのことがでたことあるさかい、知ってる人もけっこういるんやのう。サインしてほしいという子がおっての。『サインと申すと?』言うて、小太郎、キョトンとしとった」

おじいさんも見てきて、そんなことを言った。

「あいつ、タレントになるかもしれん。市長より有名人や」

小太郎は、哲也が登校してから駅前へでかけ、哲也の下校するころには帰宅していた。だから哲也は、小太郎の働きぶりをなかなか見ることができなかった。

一週間たち、土曜の午後、部活を早く終えた哲也は、家にかばんを置き、自転車に乗って駅前へ行った。

大通りから駅へはいる道をまがろうとしたとき、南郷池《なんごういけ》のほとりにいる、大学生くらいの三人連れの女の人たちが目にとまった。

そのなかに小太郎の姿があったので、哲也は自転車の向きを変えた。

南郷池をバックに、小太郎をまじえて女の人たちは写真をとった。

「小太郎さんって、動く歴史ね」と、ひとりがかん高い声で言うのが聞こえた。

小太郎は無表情《むひょうじょう》でカメラに収《おさ》まると、さっさと先に立って、池ぞいの細道を歩きだした。

哲也は声をかけそびれたので、ゆっくりと自転車に乗って、すこしあとをつけていった。

城跡《しろあと》にはいると、小太郎は右や左を指さして説明しているようであった。

女の人たちは感心したようにうなずき、ときどき歓声《かんせい》をあげた。

小太郎は、相変わらず、にこりともせずに、言葉すくなに話しているのだが、
女の人たちは、なにがおかしいのか、よく笑った。

内堀《うちぼり》の石垣《いしがき》の前で、女の人たちは三人ならび、記念撮影《きねんさつえい》をした。

小太郎はカメラをわたされて、ぎごちなくシャッターをおした。

（あいつ、写真うつすことも覚えよったな。）

そこまでで、女の人たちは小太郎と別れ、引き返してきた。自転車を止めて、
松の木のかげにいた哲也のそばを、うれしそうにしゃべりながら通りすぎていった。

「あの子、ほんとにサムライ言葉、じょうずねえ。ほんものかと思っちゃうわ」

「お城のことも、よく知ってるのよね」

「どこかのプロダクションから派遣《はけん》されてきてるのかしら。ねえ、ファンレターって、どこあてにだせばいいの？」

哲也は、小太郎のところへ行こうとして、自転車に足をかけた。しかし、踏みだすのをためらってしまった。

小太郎は石垣《いしがき》の下から、天守跡《てんしゅあと》の大銀杏《おおいちょう》をあおいでいた。

（小太郎は、やっぱりさびしいのや。）

ペダルに力を入れかけたとき、うしろから男の声が近づいてきた。

「あいつやろ。かっこつけよって」

「人をだまして、金もうけしとるちゅうのが、頭にくるで」

ふり向くと、派手なシャツを着た、ちんぴらふうの男がふたり、手に、棒のようなものを持って近づいてきた。男たちの視線《しせん》は、小太郎をとらえている。

（なにをする気ぃや。）

哲也は、さっと体をかたくした。

「頭打ってサムライになりよったんなら、もいっぺん打ったら、もとにもどるで。

わいが治したるわ」

ひとりの男はそう言いながら、小太郎に走り寄った。もうひとりも、ついて走った。

小太郎はこちらに背を向けたまま、天守跡を見あげている。

哲也の、のどはくっついて、声がでない。男が棒をふりかぶったとき、

「小太郎、あぶない！」

悲鳴のように、哲也は叫《さけ》んだ。

カーン！音がして、男の棒きれが、空高く跳《は》ねとんだ。男はひっくり返って、土にしりもちをついている。ふたりめの男は、地面に棒を落としてへたりこんだまま、しびれてしまったらしい右手を、左手でおさえている。

一瞬《いっしゅん》のことだった。なにがおこったのかよくわからなかった。

小太郎が右手に木刀《ぼくとう》をさげ、こちらを向いて立っていた。唇《くちびる》を一文字《いちもんじ》に結んでいる。するどい目の光に射《い》すくめられたように、ふたりの男は土の上にはいつくばっていた。

「立て」

静かに小太郎は言った。

ふたりは腰《こし》がぬけたみたいに、もぞもぞといざりながら、逃げようとした。

小太郎が木刀《ぼくとう》の先を向けると、震《ふる》えあがった。

「行け」

小太郎は低い声でそう言い、木刀を腰《こし》にもどした。

ふたりの男は、のろいをとかれたようにあわてて立ちあがり、あとをも見ずに逃げだした。

哲也の鼻先を、アフアフ言って走っていった。

小太郎は、まっすぐ哲也のそばへ歩いてきた。にっと笑って、自転車に手を置いた。

「自転車でござるな」

「そ、そうや」

家に置いてある自転車を見て、乗ってみたいと、小太郎は言ったことがあった。

「乗り方を教えてくれぬか」

哲也は今の騒ぎで、まだ手の震えが止まっていなかったが、小太郎はけろっとして、
自転車のハンドルをにぎった。

中学校まで行き、校庭でしばらく自転車の練習をした。小太郎は、驚くべき運動神経だった。

乗り方の説明を聞き、四、五回よたよたと不安定に走ったかと思うと、もうまっすぐ乗れるようになっていた。

哲也は、小太郎をうしろに乗せて家に帰った。哲也の背中で、小太郎は言った。

「アルバイトは、きょうで、やめにいたす。思いもよらぬことをやる者がいるゆえ、人に迷惑がかかるといけない」

その日から、小太郎は頭の月代《さかやき》をそらなくなった。

「小太郎の〝カッパの皿〟、しょぼしょぼと毛が生えてきたで。あいつ、どないしたんや」

と、健二は言った。

何日かして、小太郎はお母さんに頼《たの》んだ。

「髪を切っていただきたい」

サムライ姿をやめる決心をしたのだ。

「ちょんまげ切ったら坊《ぼん》さんやで。出家《しゅっけ》するみたいやんか」

と、哲也は心配した。小太郎は笑った。

「つるつるにならぬよう、少し伸《の》びるまで待っていた。まだ五分刈《ごぶが》りとはいかぬが」

「わかったわ。なるべくかっこいいスポーツ刈《が》りにしてあげる」

と、お母さんは引きうけた。

お母さんは、哲也や健二が小さいときから散髪《さんぱつ》をしてきた。

おじいさんも家で切ってもらっている。腕《うで》は確かだ。

決断はしたが、さすがに小太郎も、まげを切るときは目を閉じ、両手をにぎりこぶしにして、ひざに置き、死刑《しけい》でも待つ人のように動かずにいた。

「そない、かとうならんでもええわよ」

まわりを取り囲んだ見物人たちのなかで、お母さんは、じまんの腕をふるった。

背中の半分くらいまであった髪に、バサリと、はさみがはいったときには、まわりからどよめきがおこった。

前髪が残っていたので、丸刈《まるが》りではなく、短かめのスポーツ刈りにしあがった。

「さあ、できた。どうぞ目ぇ開けてや」

言われて初めて、小太郎は目を開いた。

鏡《かがみ》をのぞいた小太郎は、一瞬《いっしゅん》ドキンとし、次の瞬間《しゅんかん》、ぱっと目をそらしてしまった。

「なかなかの美形《びけい》じゃ」

おじいさんはほめた。

「よう似合《にあ》うよ、小太郎」

哲也もほんとにそう思った。照れていた小太郎は、もう一度鏡をのぞき、見なれぬ自分をぐっとにらみつけると、大きく一つ息を吸って吐いた。それから頭をふって、

「軽くなり申した。お手数をおかけいたした」

と、お母さんに礼を言った。

(サムライが、まげを落とすというのは、たいへんなことやのに、小太郎は決行したんや。ほんまに、ここで生きていく決心をかためたんや。ぼくの責任も重大やで。)

哲也のシャツを着て、ジーパンをはくと、小太郎はもうすっかりサムライではなくなった。ジーパンはかたくてきゅうくつだと、初め、小太郎は歩きにくそうだった。

靴《くつ》は哲也のスニーカーがぴったりだった。

いっしょに町を歩いても、もうだれも、ふり返らなかった。

9　花のなかの首塚《くびづか》

七月にはいったばかりの日曜だった。

梅雨《つゆ》の晴れまに、哲也と小太郎は、自転車で遠乗りすることにした。

その日、哲也は部活を十一時には終わり、家に帰ってきた。グラウンドは他の運動部と交替《こうたい》でつかうので、朝いちばんに始めたサッカー部は、早く帰れたのだ。

健二が、自分の自転車を、小太郎に貸してくれた。

哲也と小太郎は、谷性寺《こくしょうじ》へでかけることにした。谷性寺には、明智光秀《あけちみつひで》の首塚がある。

道みち、小太郎は言った。

「秋から学校へはいれたら、ワタシも、蹴《け》まりをやってみようかと思う」

「そのケマリと言うの、やめてくれへんか。サッカーいう名前があるんやで」

「いや、すまぬ」

と、小太郎は言うが、ついまた、ケマリと言ってしまう。

おじいさんに聞くと、蹴《け》まりというのは、平安時代からある貴族の遊びだそうだ。数人が皮の靴《くつ》をはき、まりを高く蹴りあげて、地面に落とさぬよう蹴りつづけるゲームだという。

「信長《のぶなが》も、天正《てんしょう》三年三月、京都相国寺《しょうこくじ》で、蹴まりを見物したと記録にある」

と、おじいさんは言った。

昔、ぜんぜん存在しなかったものについては、小太郎はすなおに、ものの名前を覚えるが、似たようなものがあると、どうしても、その名前がでてきてしまうらしかった。

(小太郎といっしょに、グラウンドでケ、マ、リやれるようになったら楽しいやろな。

小太郎は抜群《ばつぐん》の運動神経や。いっぺんにレギュラーやで。)

哲也はそう思う。

まだ日ざしもそれほど強くなく、さわやかな空は気持ちよかった。

ジーパンがぴたりときまった小太郎は、すっかりうまくなった自転車を、軽がるとこいだ。

どこから見ても、戦国時代のサムライとは見えなかった。

町なみがとぎれ、一面、青い稲田《いなだ》になった。静かないなかの一本道だ。

山あいの村のはずれに、谷性寺《こくしょうじ》はあった。

自転車をおりると、小太郎は、ひたいにうっすらかいた汗をぬぐった。

なだらかな石段をあがっていくと、寺の境内《けいだい》には、桔梗《ききょう》の花が咲《さ》いていた。

明智《あけち》の軍旗《ぐんき》に、くっきりと記されている、桔梗の紋《もん》のことを、
おじいさんはこう言ったことがある。

「信長が本能寺《ほんのうじ》でおそわれたとき、『攻めてきた軍勢《ぐんぜい》は、どこのものじゃ』と聞いたんや。

小姓《こしょう》の森蘭丸《もりらんまる》の『桔梗の旗《はた》じるしが見えまする』という返事を聞いて、信長は言うた。

『桔梗か。それでは、もうどうにもならんな』

光秀《みつひで》のむほんでは、ひとつの手ぬかりもないじゃろう。もうこれでおしまいやと、
信長はわかったんじゃ」

それを聞いたとき、哲也は、桔梗紋の旗が、本能寺の庭いっぱい、波のように押し寄せるようすを思ったものだ。

今、谷性寺の庭には、一面波のようにゆれながら、桔梗の花が咲いていた。

小太郎はだまってそれを見ていた。

波のなかに、ひとつの石碑《せきひ》が立っていた。「光秀公首塚《みつひでこうくびづか》」だった。

その前に手をあわせ、小太郎は頭をたれた。

(こういうとき、うっかりけったいなことを言うたらいかん。小太郎は、今はまだ生きとる主君《しゅくん》の首塚の前に立っとるわけや。うっかりしたことは言えん。)

そこで哲也は、寺の由来《ゆらい》を書いた立て札《ふだ》のところへ行き、ひとりで読んだ。

「……庄兵衛《しょうべえ》どのが」

と、ふいに声がした。

いつのまにか、すぐうしろに小太郎がきて、立て札を読んでいた。

光秀は、秀吉《ひでよし》の軍にやぶれて落ちのびるとき、京都の小栗栖《おぐるす》の竹やぶで、農民にさされて死んだと記《しる》されている。最後まで光秀にしたがってきた家臣《かしん》の溝尾庄兵衛《みぞおしょうべえ》が、主君の首を馬のくらのおおいにつつみ、やぶのなかの溝《みぞ》にかくしたと書いてあった。あとに掘《ほ》りだして、この寺にひそかにほうむったということだった。

「庄兵衛どののいうたら、おじいさんの青銅《せいどう》の皿に彫《ほ》ってあった、あの人か」

光秀公首塚

寄り目、短足の庄兵衛《しょうべえ》どのが、暗いやぶの溝《みぞ》を掘《ほ》っているようすを、哲也は思い浮かべた。

「溝尾庄兵衛《みぞおしょうべえ》どのとは、ワタシがタイムスリップした日、馬場《ばば》にでしなに会った。

『気をつけて行かれよ』と言われた。

しわがれ声で、なぜか心配そうに言われた。

まるでワタシが雷に打たれるのを、知ってでもいるかのようであった。

そうか、溝尾どのが、御最期《ごさいご》に立ち会われたのか」

帰り道、市街が近づいてくると、教会が見えた。

「あの塔《とう》の上に、長くつきでているものは、なんであろう」

と、小太郎はたずねた。

「避雷針《ひらいしん》やないか。雷よけや」

「雷は、よけられるものであるか」

「よけるちゅうか、あの棒に雷が落ちると、下につながっとる線をつとうて、電気が地下へ逃げていくようになっとるらしいで」

「では、立ててある棒は、電気の伝わりやすいものなのであろうか」

「そうやろな。銅でできとるて、聞いたことがあるわ」

「銅……」

「雷鳴っとるときに、銅のもん持っとるとあぶないで。必ずビカビカドーンとくるのや」

（あれ、これ、ほんまやったかな。）

と思いながら、哲也はしゃべっていた。

（まあええわ。金属があぶないていうのは、ほんまやさかいな、多少ちごうても、ドウということないわ。）

自分のシャレに、ひとりでにやついたとき、小太郎が、なぜかぐっと引きしまった顔つきになった。目がかがやいている。

「小太郎、なにを思いついたんや」

「いや、べつに」

と言ったが、小太郎は自転車をぴたりと止めた。

「歴史というものは、どうしても変えることが、できぬものなのであろうか」

勢いこんで、そう言った。

「せっかく髪切ったのに、あっちの世界に帰って、なにかやってやろうて、考えとるんやろ」

「髪はまた伸《の》びる。もしもどれたら、殿《との》のごむほんを……」

「やめさせるのか」

「いや。殿のお気持ちはよくわかった。かくなる上は、成功させたい」

「えーっ。成功したやないか、いちおう」

「信長公《のぶながこう》を討《う》つまでは、成功いたした。しかしその後、天下の情勢は殿に不利に動いた。これをなんとかできまいか。賢明《けんめい》な殿のことゆえ、後《のち》にどうなるかわかっておったら、
本能寺《ほんのうじ》の戦いのあとでとられた行動も、違《ちが》ってこよう。

ワタシは、おじじどのの本を読んで、たいへんなことを知った。

殿は信長を討ったあと、毛利輝元《もうりてるもと》のところへ、これを知らせる密使《みっし》をだされた」

「毛利いうたら、あのとき、秀吉《ひでよし》がたたこうてた相手やろ。秀吉はどういうわけか、あっというまに毛利と休戦して、光秀《みつひで》をやっつけに引き返してきよった」

「なぜそういうことができたか。あの原平内《はらへいない》の、まぬけめが！」

「なんや、その原平内いうのは」

「殿がつかわされた密使だ。やつは毛利軍の陣地《じんち》とまちがって、秀吉の陣地にはいりこみ、秘密の手紙をわたしてしまったのだ」

「えーっ。ほんなら秀吉は、信長が死んだことを、ないしょにして、毛利に、『戦いはひと休みしよう』て、言うたんか。

使いがまぬけやったさかい、光秀の計算がくるうたんや」

「ワタシは、それを殿につげたい。なんとしてもワタシは帰らねばならぬ」

小太郎の顔は、なんだかサムライにもどったように、りりしくなってしまった。

「けど、もし帰れたとしたかて、歴史の先まで知ってしもたなんて、光秀が信じるやろか」

「証拠《しょうこ》の品を持っていく。たとえば、歴史の本。ワタシのことをのせた新聞。亀山城の石垣《いしがき》だけの写真。それから、眼鏡《めがね》」

「眼鏡?」

「殿は、今思うに、近眼《きんがん》だったのではなかろうか」

「はあ?」

「いくらヘトヘトになって、暗い竹やぶを通っておったとはいえ、あの殿が、百姓に討たれるなど考えられぬ。殿は、お目が悪かったにちがいない。だから信長公《のぶながこう》に会っても、遠くからあいさつもできずに、なまいきと、とられたりしたのかもしれぬ」

「四百年まえて、眼鏡《めがね》は、ぜんぜんなかったんか」

「実は、キリシタン・バテレンが、眼鏡をかけているといううわさを、耳にしたことがあったが、実物があんな便利なものとは知らなかった」

「やっぱり、最初の日、うちのお父さん見て、バテレンか、言うたんは眼鏡のせいやったんか」

「バテレンは四個の目を持っておって、二個はふつうの目であるが、あとの二個は、それよりすこしはなれて外にあり、鏡《かがみ》のようにかがやいて、見るからにおそろしいと言われていた。それをひと目見ようと遠くからもやってきて、道ばたに、大勢が祭りのようにならんだ、という話を聞いたことがある」

「眼鏡を見るのに、亀岡祭りか」

ふたりは大笑いした。小太郎がこんなに生き生きしているのを、哲也は初めて見た。

それで、つい言ってしまった。

「たえどのには、みやげを持って帰らんでええのか」

「たえどの……」

小太郎はいつか古世門跡《こせもんあと》で見せたと同じ反応をしめした。

パーッと耳まで赤くなり、怒ったように口を結んだのだ。

哲也は、もうすこし、からかってみたくなった。

「小太郎が、急に行方不明《ゆくえふめい》になって、たえどのは心配しとるやろな。

もしかして、小太郎は死んだと思て、ほかの人と……」

「ぶ、ぶれいを申すと許さぬ！」

小太郎は、突然、おそろしい声をだした。

「たえどのは、そのような娘ではない」

「お、怒るなよ。冗談《じょうだん》やないか」

「たえどのへのみやげは、今、考えついた」

「えっ」

「駅前の店で先日見た、小さなギヤマン細工《ざいく》でござる」

「ギヤマン?」

「ガラス細工のことでござる。すきとおっていて、なかに小さな紫《むらさき》の花が彫《ほ》りこんである。桔梗《ききょう》の花のように見え、たえどののように清らかな美しさであった」

哲也は、のけぞった。

「なんちゅうやつや。まっ赤になるかと思たら、ぬけぬけと。もしかしてそれを買うために、アルバイトしよったんとちがうか。このぉ!」

と、小太郎の肩をこづいた。と思ったら小太郎がひょいとよけたので、哲也はよろけて、自転車ごと、つんのめりそうになった。

「さて急ごう。準備もござるゆえ」

小太郎が自転車を急発進させたので、哲也はあわてた。

「なんの準備や」

「まもなく梅雨明《つゆあ》けでござろう。雷の鳴る日も近い」

「雷といっしょに、あっちの世界へ帰れると思うわけ?」

「あるいは。可能性がござる。そのときのために、やるべきことはやっておかねばならぬ」

（こいつ、首塚《くびづか》を見たら、えらい元気になりよった。サムライいうのは、生首《なまくび》のこと思ったりすると、勇気がわいてきよるんやないやろか。）

小太郎は風を切って走った。

家に着くなり、おじいさんにねだって、簡単な歴史の本を一冊もらった。

お母さんに頼《たの》んで、いつかの自分の記事がのった新聞をだしてもらった。

お父さんには古くなった眼鏡《めがね》をだしてもらい、

「度があわんかもしれんで」

と言われると、

「ないよりましでござる」

と答えた。

さらにお父さんは、役所まで車をとばして、亀岡市の観光用のパンフレットを持ってこなければならなかった。

これには谷性寺《こくしょうじ》の首塚や、亀山城址《かめやまじょうし》の石垣《いしがき》の写真などがのっている。

「これらをつつむ油紙《あぶらがみ》がないであろうか」

「え？」

「雨にぬれぬためでござる」

「これが現代の油紙やわ」

お母さんがだしてきたビニール袋に、小太郎は品《しな》じなをつつんだ。

さらにお母さんの古いポシェットをもらい、ぜんぶを収《おさ》めて肩にかけ、満足した。

小太郎はあらためて、これらのものの必要なわけをみんなに説明した。

「小太郎、ほんまに行ってしまう気か」

哲也が、がっくりした声をだすと、お母さんはそれを打ち消した。

「ほんまに行けるわけないやないの。やってみてるだけやね、小太郎さん」

小太郎の言うことを信じているふりをしようと、打ちあわせてあったのを忘れたように、お母さんは、真剣な顔であった。

「雷が鳴っただけでタイムスリップするんやったら、夏になったら、そのへんに石器時代《せっきじだい》の人やら、三十世紀の人やら、ごっちゃまぜになって、えらいこっちゃで」

と、健二が言った。

「その通りでござる。行けるかどうかわからぬ。しかし、もしそのときがまいったら……」

小太郎の声は、なぜか自信にみちていた。

10　さらば小太郎《こたろう》

それから一週間ばかり、雨は降ったりやんだりしていた。

小太郎は毎日、おじいさんの太陰暦《たいいんれき》をにらんでいた。

七月十日、日曜日、この日は蒸《む》し暑《あつ》く、朝から重い雲がたれこめていた。

小太郎は外にでて、しきりに山を見ていた。

「愛宕山《あたごやま》は、あれであろうか」

北東の空に、高くそびえている山は、確かに愛宕山だ。

「殿《との》はきょう、あの山にのぼり、連歌《れんが》の会を持たれる」

歴史の本には、そのとき、光秀《みつひで》が、決意のほどを歌に詠《よ》みこんだと書かれている。

サッカーの朝練習から帰った哲也も、落ちつきなく家のなかを歩きまわった。

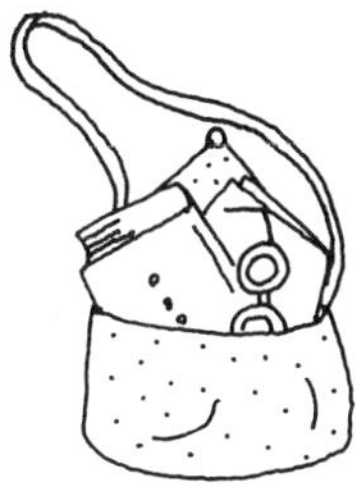

「せわしないな。お兄ちゃんが、そないうろうろして、どないするんや」

「この空やったら、雷鳴ってもおかしぃないで。小太郎は、行ってしまうかもしれへん」

「行かしとうないか」

「そら、行かしとうない。けど、あいつの気持ちを考えたら、帰らしてやりたい」

「〝本能寺《ほんのうじ》の変《へん》〟のまえに帰ったら、死にに行くようなもんやないか」

「ポシェットがある。歴史は変えられるかもしれん」

健二は、ちょっと笑った。

「なに、わろうとる。小太郎は日がせまってきて、いらだっとるんや。どうせなら、まにあうように帰らしてやりたいやんか」

急に健二が、「しっ」と口をおさえた。遠くでもの音がした。

雷はいきなり近づいてきて、地ひびきのような大きな音になった。

小太郎はなにを思ったか、おじいさんの部屋にかけこんでいき、すぐにでてきた。

そして、畳《たたみ》の上にきちんと手をつき、集まっているみんなの顔を見わたした。

「まことにお世話になり申した。あつく御礼《おんれい》申しあげる。ワタシはこれよりお城へまいる。

さらばでござる」

お母さんは涙ぐんだ。小太郎は外へ走りでた。まっ黒な空から、ひとつぶふたつぶ、大つぶの雨が落ちてきた。小太郎はあとをも見ずにかけていく。

「待て、小太郎。自転車に乗っていけ」

哲也は自転車にまたがり、必死に追いかけた。すぐに追いついた。

「そんなかっこうでええんか。Tシャツ着て、ジーパンはいて、若ぎみやら殿《との》の前にでるんか」

「このほうが、ワタシの言うことを信じてもらいやすいであろう。身をもって殿に申しあげる」

小太郎は哲也の手を取り、かたくにぎった。

「数かずの御厚意《ごこうい》、決して忘れはせぬ。またいつか、どこかで会おう」

横なぐりの雨が、ほおをたたいた。健二がかけてきた。

「自転車に、雷落ちてくるで。あぶないで」

小太郎は、にっこりした。

「それこそが望み」

小太郎は自転車に飛び乗り、走りさった。雷がはげしく空をわたった。

雷が鳴りつづけているあいだ、江藤家のみんなは、茶の間に座ってだまりこくっていた。

雨は天の底がぬけたように降り、さっとやんだ。

雷は遠ざかり、やがて、まったく聞こえなくなった。

「これで、梅雨《つゆ》が明《あ》けるのじゃろうかね」

おじいさんは、わざとのんきそうに言った。

ふらりと立ちあがって自分の部屋へ行ったが、すぐにもどってきた。

「小太郎くんは、皿を持っていったらしいな」

「皿？　ペルーの庄兵衛《しょうべえ》？」

「わしのことを忘れんために、持っていきよったんや」

「違《ちが》う！」と、哲也は叫《さけ》んだ。

「ぼくが避雷針《ひらいしん》見て、言うたさかいや。雷が鳴っとるとき、銅のもんを持っとると、必ずそこへ落ちるて」

「あの皿が青銅《せいどう》やと、わしは教えたことがあった」

「小太郎は、自分に雷を落とそうと決心したんや。危険でも、それしか帰る道はないて思うたにちがいないわ。言うたら止められると思うて、だまって持っていきよったんや」

お父さんが首をかしげた。

「しかし、おかしいやないか。青銅は、銅と錫《すず》の合金《ごうきん》やで。

青銅器《せいどうき》いうのは、大昔から作られとったんや。

そんなもんに、必ず雷が落ちるなんちゅうことは、なんぼ小太郎くんでも信じはせんやろ」

おじいさんが、ゆっくりとうなずいた。

「小太郎くんは、神さんを信じたんじゃ。あの皿のふちに、模様《もよう》がついとったじゃろ。

ラーメンのどんぶりの、ふちについとるようなんが。あれを、稲光りの模様やと、
言うたことがあったわ。まんなかの〝庄兵衛《しょうべえ》どの〟は、雷の神さんやと言うた。

溝尾《みぞお》庄兵衛《しょうべえ》という人は、愛きょうのある短気者で、すぐにガラガラ声で怒鳴《どな》るさかい、

『いかずちどの』というあだ名がついとったそうな。いかずちというのは、雷のことや。

哲也が避雷針の話をしたとき、小太郎くんは、この〝雷の神〟さんのことを思い出したんや
ないかのう」

「青銅で、できとるちゅうのも、なんや効《き》きめ、ありそうやしな」

「けど、小太郎ともあろうもんが、ほんまにそんなこと信じたんやろか」

「小太郎くんは、四百年前の子じゃよ。病気のときには、坊《ぼう》さんが護摩《ごま》をたいてお祈りし、戦いのときには、軍師《ぐんし》が運命をうらのうてからでかけた時代の子じゃ」

哲也は立ちあがった。

「お城へ行ってくる」

「ぼくも」と、健二も立った。

雨あがりの道に、夕日がさしていた。城跡《しろあと》には人影《ひとかげ》はなかった。

内堀《うちぼり》の石垣《いしがき》まで歩いたとき、健二が哲也を引っぱった。

「だれかいる」

松の木のかげに倒れている姿があった。

かけよると、Tシャツを着た少年が、地面にうつぶせになっていた。

肩からかけたポシェットが、泥《どろ》まみれになっていた。あわてて抱き起こした。

「小太郎！」

「死んどるんか？」

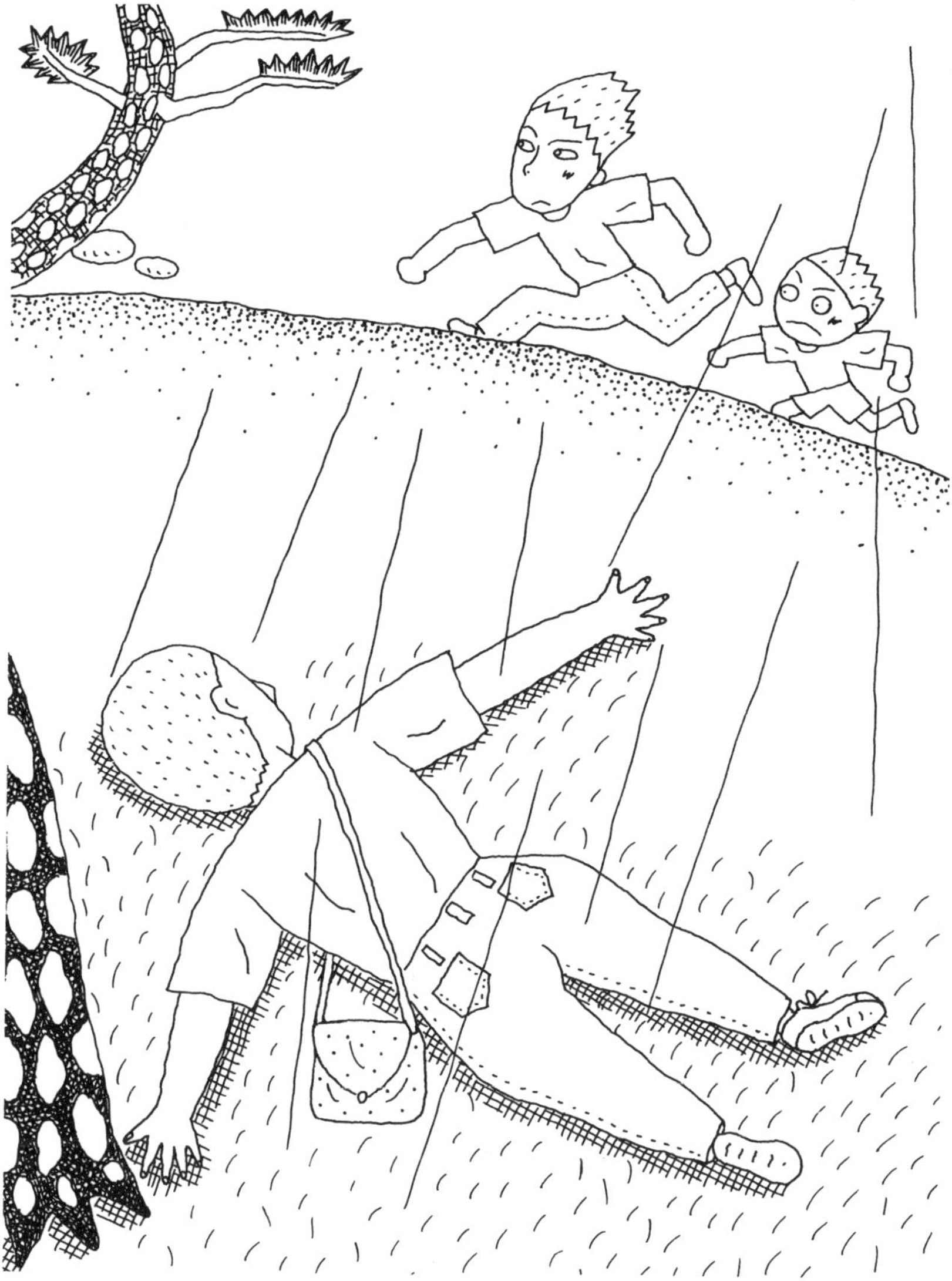

「あほ。死んどるもんか。気ぃうしのうてるだけや」

小太郎の体は、あたたかかった。あたたかいというより、熱かった。

びしょぬれの体をかかえあげ、そばになげだされていた自転車のうしろに乗せると、小太郎の手からポロリと、なにかが落ちた。青銅《せいどう》の皿だった。

哲也が自転車に乗り、その背に小太郎をもたれさせて、うしろから健二が支えた。

家に着くと、お母さんが飛びだしてきた。お父さんもおじいさんも、口ぐちに小太郎を呼んだが、小太郎はぐったりしたままだった。お母さんは、小太郎のひたいに手をあて、

「このびしょびしょ、すぐぬがさなあかん」と叫《さけ》んだ。

みんなで寄ってたかって、小太郎をパジャマに着がえさせた。

ぬれた髪をタオルでふき、かっかともえるように熱い体をふとんに運んだ。

「これは、ほっといたらいかん。お医者はんや」

お父さんが電話をかけた。

「でんわ。きょうは日曜やさかい、どこも休診《きゅうしん》や」

「ともかくアスピリンかなにか」

お母さんはあわてて薬箱をひっくり返し、解熱剤《げねつざい》を拾いあげた。

「ちょっと中村先生呼んでくる」

お父さんは、車のキイを取りだした。

「外科やないの」

「このさい、なに科かてええわ、お医者はんやったら」

お父さんは車にエンジンをかけ、健二が助手席に飛び乗った。

おじいさんは冷蔵庫の氷を取りに台所へ行った。

お母さんは小太郎のぬいだ、びしょぬれの洋服をかかえて洗たく場へ運んでいった。

哲也はひとり、小太郎の枕《まくら》もとに座っていた。小太郎は、歯をガチガチと鳴らして震《ふる》えていた。

「寒いのか?」

さわると熱かった。

(ともかく熱をさげないかん。中村先生がきてくれはるまで、待っとってええのやろか。

薬だけ、とりあえず、飲ましたほうがええのとちがうやろか。)

哲也が薬を取りあげたとき、電話が鳴った。

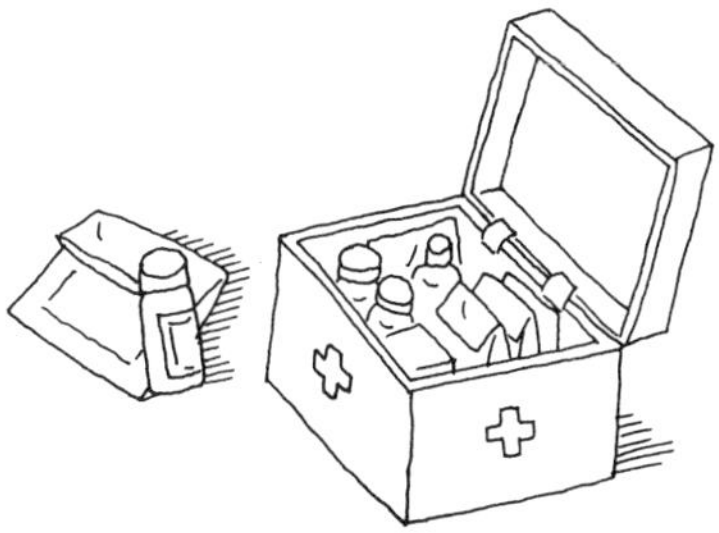

「お母さん、電話」

呼んだが返事がない。おじいさんはすこし耳が遠いから、ここから呼んだのではむりだ。

哲也は薬の小さい箱を、小太郎の胸《むね》の上に置き、立ちあがった。

電話はしつこく鳴っている。

走っていって受話器を取りあげたとたん、小太郎が大きく呼ぶ声が聞こえた。

「若ぎみ！」

（小太郎、うわごと言うとる。）

耳につけた受話器からは、ツーと、音がもれるだけだった。

「切るなら、かけるな！」

哲也は怒って、荒《あら》あらしく受話器を置いた。

もどったら、小太郎がいなかった。

「小太郎！」

哲也は、あわてて台所へ行った。

「小太郎、どこ？」

「え？　起きられたんか。トイレやないか」

トイレには、いなかった。お母さんもびっくりして、洗たく場からでてきた。

三人でさがしても、小太郎はいなかった。哲也は外へ走りでて、あたりをさがした。

どこにも小太郎の姿はなかった。

「うそや！」

哲也は、小太郎の寝ていたふとんのそばに、へたりこんだ。

「うそや。そんなことがあってええもんか。今、ここに寝とった小太郎が、雷も鳴らんのに、どっかへ行ってしまうやなんて」

けれども小太郎はどこにもいなかった。

さっきまで小太郎が寝ていたふとんに手を置くと、まだあたたかかった。

「若ぎみ！」と呼んだ、小太郎の声が思い出された。

（あのとき、小太郎は四百年の空間を飛びこえて、光慶《みつよし》ぎみにおうたんや。）

部屋のすみに放りだしてある、ポシェットを引き寄せた。

なかには歴史の本、パンフレット、眼鏡《めがね》……、そっくり残っていた。

（置いていったら、あかんやないか。あんなに準備しとったのに。なんで忘れていったんや。あのとき、電話がかかってこんかったら！）

哲也は、はっと顔をあげた。

（もしかして、あれは四百年まえの世界から、かかってきたんやないやろか。若ぎみが小太郎を呼んだんや。）

翌朝、まぶしい夏空がひろがった。お母さんは、小太郎のシャツやジーパンをほした。おじいさんは、小太郎が勉強した、小学生用の教科書とノートを自分の机に置き、だまって見ていた。

お父さんは、市役所へ小太郎の行方不明《ゆくえふめい》を届け、警察に捜索《そうさく》願いをだした。

「そんなもん、だしても意味ないこと、お父さんは知っとるくせに」

と、健二は哲也に言った。

「ほんなら、お父さんもタイムスリップを信じてたというんか」

「うちの家族はみんな、ほんまは信じてたんとちがうか。ことにおじいさんは、ぜったい信じてたと思うで。大人はそんなことおかしい思うさかい、口にださへんかっただけや」

夜、二段ベッドの下段に寝ながら、上段に向かって哲也は話しかけた。

「なあ健二。小太郎は、ほんまにちゃんと四百年まえに帰れたんやろか」

「『若ぎみ！』言うたんやろ？ 帰ったんやないか」

「そうやな。カレンダー見たら、あと四日で光秀《みつひで》は、〝本能寺《ほんのうじ》の変《へん》〟をおこすんや。

四日あったら、後《のち》の歴史がどうなったか説明できるよな」

「説明はできるやろけど、光秀が信じるかどうかは別や」

「けど、小太郎はスポーツ刈《が》りで、刀もささんと、帰りよったんやで」

「そんなもん、タイムスリップせんかて、できるやないか」

「パジャマかて、着ていったんやで」

「信長《のぶなが》は、もっとけったいなかっこう、しとったことがあるわ。馬ぞろえのとき、
クジャクの羽根《はね》つけたソンブレロみたいなぼうしかぶって、
トラのパンツの、でっかいのみたいなん、はいとったそうやで」

「信長は、気ぃくるうたみたいなことが好きやったけど、小太郎は違《ちが》う」

「光秀は信じへんよ。なにも証拠《しょうこ》ないもん」

「……」

「そやから、なんにも変わらんと、後《のち》の歴史はこうなったんや。

小太郎は、なんの役にもたたんかったんや」

「健二！　小太郎をぶじょくするようなこと言うと許さんで。

小太郎がどれほど、殿《との》やら若ぎみのこと心配しとったか、お前かて知っとるやろ」

「それとこれとは、別問題や」

「お前、証拠がないて、言うたな」

「寝たまま、熱にうかされて、なにも持たんと行ったんやないか」

「ところが持っていった。ぼく、今、気ぃついた」

「なんや」

「アスピリン」

「！」

「ぼくが薬飲まそうと思うて、箱を持ったときに電話が鳴ったんや。

小太郎の胸《むね》の上に置いて立った。そのまま小太郎は消えた。

考えてみたら、その後、アスピリンはどこからもでてきてへんのや」

「……」

「な！ 持っていったんや。あれを飲んで、小太郎はきっと熱、さがったにちがいないわ」

「けど、若ぎみにかぜうつしたんやないか。出陣《しゅつじん》の日のちょっとまえに、若ぎみは原因不明の熱をだして、だいじな戦いについていかれへんかったて、記録に残っとるらしいで。

若ぎみには、薬飲まさへんかったんか」

「若ぎみには、アスピリンも効《き》きめがなかったんや。もともと病弱で、ちょっとかぜひいても、ガタがくるんや。小太郎が持って帰ったウイルスにやられたとしたら、アスピリンぐらいではあかんなあ」

「そうかもしれんな」

「小太郎は、光秀《みつひで》といっしょに出陣《しゅつじん》するんやろか」

「……うん」

「若ぎみを守るために、残るかもしれん」

「……」

「おい、健二。聞いとるのか」

「……」

「健二、寝るな。もっと、小太郎のこと、なんでもええからしゃべれ」

でも健二は眠ってしまった。哲也はなかなか、寝つけなかった。

うとうとしかけたとき、突然、健二の声がした。

「小太郎！」

ぱっと哲也は目が覚めた。健二の寝言《ねごと》は、それきりだった。

(健二、お前やっぱり、ええやつやな。)

哲也はそうつぶやいた。そして、眠りに落ちていった。


次の日、思いがけず、お父さんがビデオを買ってきた。

「わ。ボーナスでたんか」

と、哲也は飛びあがった。

「いや、ボーナスは、もっとはようにでたんや。小太郎のアルバイト代、そっくりあずかっとったし、健二の貯金をおろしたさかい、家からは、そないだしとらへん」

「小太郎は、アルバイト代をぜんぶ、お父さんにわたしたんか」

「そうや。小太郎が、あずかってほしいて言うたさかいな。こないはように行ってしまうと思わへんかったし、小太郎にぜんぜんわたしてなかったんや」

「そんな！」

（それであいつ、たえどののギヤマン細工《ざいく》が買えへんかったんや。いったんビデオ代にするて言うたら、女の子のプレゼント買うぶん返してくれなんて、よう言わんかったやろ。

武士に二言《にごん》はない、言うもんな。）

「なんで小太郎のおるまに、ビデオ買わんかった？　あいつかて見たかったんやで」

「健二の貯金がな、きょう、満期《まんき》になったんや。お年玉をぜんぶ、銀行の定期預金《ていきよきん》に入れとったんやわ」

「健二のやつ！」

哲也は残念でならなかった。

ビデオのことを言うときは、必ず「小太郎のビデオ」と言うことに決めた。

（あいつが、なれんことして、かせぎよったんや。）

「ぼくのビデオ」と健二が言ったとき、哲也はいきなりポカリとなぐってしまい、健二をふんがいさせた。


翌朝、哲也は学校へ行くまえに、遠まわりをして、駅前のアクセサリー店へ行った。

店は、まだ開いていなかった。

帰りに寄ったら、小太郎の言っていた〝ギヤマン細工《ざいく》〟はまだ売れずに、ショーケースにならべてあった。紫《むらさき》の花が彫《ほ》りこまれた、小さな美しいガラス細工だった。

「これ、ほしいのやけど」

と、哲也は小さい声で言った。

店の外を、中学生の女の子たちが通ったので、さっと顔をふせた。

「プレゼントどすか」

と、店のおばさんは聞いた。

「そう。あ、今、大急ぎで家からお金、持ってくるさかい、人に売らんといてほしいのや。お金、必ず必ず、持ってくるし」

おばさんは笑った。

「わかりましたえ。とっときますさかい。必ず必ず、持ってきとくれやす」

哲也は大きく目を開いて、ねだんの札《ふだ》をにらみ、三千円でまちがいないか、しっかりとゼロの数を数えた。

(ひとつ読みまちごうたら、えらいこっちゃ。小遣《こづか》いの前借《まえが》りにかて、限度というもんがあるさかいな。)

哲也は、手に入れたその小さいガラス細工《ざいく》を、健二に見つからぬよう、机の奥《おく》にしまった。


七月十四日、哲也は学校が終わるころから、そわそわしはじめた。

旧暦《きゅうれき》六月一日のこの日、光秀《みつひで》は覚悟《かくご》の出陣《しゅつじん》のため、亀山城に兵を集めたのだ。

夜、城を出発し、中国地方へ毛利《もうり》を討《う》ちに行くと見せかけて、途中で京都の本能寺《ほんのうじ》へと、軍勢《ぐんぜい》の向きを変えるのだ。

部活もそこそこに、哲也は学校をでた。そのまま家へ帰ると見せかけて、向きをかえ、反対方向の広小路《ひろこうじ》から城跡《しろあと》へはいった。

松並木を歩きながら耳をすました。時をへだてても、ここに小太郎はいるはず、と思った。

(今、この場所に、ぎょうさんの馬とサムライたちがいて、大将の命令《めいれい》を待っとるにちがいない。)

小太郎が、無線で四百年まえと話せないかと聞いたことを思い出した。

(アスピリンより、トランシーバーを胸《むね》の上に置くんやった。ここから、こっちのトランシーバーで呼んだら、ひょっとして、ということがあったかもわからん。

『こちら哲也、こちら哲也。応答せよ小太郎、どうぞ』)

哲也は石垣《いしがき》の下から、大銀杏《おおいちょう》を見あげた。

しずんでいく夕日に照らされて、大きな木はシルエットになっていた。

最後の日に、小太郎が倒れていた松の木の根もとを浅く掘《ほ》り、哲也は、ギヤマン細工《ざいく》をうめた。

(小太郎、たえどのにわたすんやで。)

小太郎は、城に残ることなく、光秀《みつひで》について出陣《しゅつじん》するだろうと、哲也は思った。

(光秀の運命が、若ぎみの運命を左右することを、小太郎は知っとる。病人といっしょに、城にじっとしとるわけないわ。)

老ノ坂峠《おいのさかとうげ》に向かって動いていく一万三千の軍勢《ぐんぜい》のざわめきが、聞こえるような気がした。

斎藤利三《さいとうとしみつ》も溝尾庄兵衛《みぞおしょうべえ》も、兵をひきいて発《た》っていくにちがいない。

(小太郎は、あの頭をどないしよったやろ。あれでは、ちょんまげは結《ゆ》えへん。たえどのに笑われたやろな。まあ、かぶとをかぶったら見えんさかい、ええか。)

夜、哲也は夢を見た。

桔梗《ききょう》の花が波のようにゆれるなかに、小太郎の声を聞いた。

「またいつか、どこかで会おう」

あとがき

山陰線《さんいんせん》の亀岡駅を降《お》りると、正面に森が見えます。ここが、この作品の舞台《ぶたい》となった亀山《かめやま》城址《じょうし》です。

以前、この亀岡市に祖母《そぼ》が住んでいたため、よく訪《おとず》れたものでしたが、城跡《しろあと》へは足を踏《ふ》み入れたことがありませんでした。明智光秀《あけちみつひで》にあまり関心を持っていなかったからです。

ところがある時、私《わたくし》の生家が光秀ゆかりの家系《かけい》ではないかという話を聞きました。なかなか興味《きょうみ》深い推理《すいり》に基《もと》づく説《せつ》だったので、おもしろく思い、調べてみたことがあります。

光秀は主君を殺《ころ》した逆臣《ぎゃくしん》といわれていて、それまで、あまりよいイメージは、いだいていなかったのですが、本など読んでいくうちに、彼《かれ》が、当時では珍《めずら》しいほどの豊《ゆた》かな教養《きょうよう》を身につけた、すぐれた武将であったという、さまざまな記録に出会いました。

歴史というものは、立場や考え方によって、ひじょうに異《こと》なったとらえ方ができるということを感じたものです。

その後、時のかなたからタイムスリップしてくる少年の物語を書こうと思い立った時、舞台《ぶたい》としてまっ先に思いうかんだのが、亀山城でした。

亀山城西門《にしもん》、大手門《おおてもん》、古世門《こせもん》などは、実際《じっさい》には江戸時代の改築《かいちく》のおりに作られたと、記録にあります。光秀の築《きず》いたもとの城の構《かま》えは、絵図《えず》も記録も、今はまったく残されていません。

それでは、西門とか大手門とか名のつく門などは、あるいは別の形で存在したかもしれない、という推定《すいてい》のもとに、フィクションとして登場させたことをお断《ことわ》りします。

この作品を書くにあたり、元亀岡市社会教育指導員、家苗義雄《やなえよしお》氏《し》と美智恵夫人に、ひとかたならぬお世話になりました。亀岡市文化財保護委員の永光尚《ながみつひさし》先生からは、亀山城に関するたくさんの資料《しりょう》をいただきました。ほんとうにありがとうございました。

二〇一二年八月

広瀬《ひろせ》　寿子《ひさこ》

広瀬寿子（ひろせ ひさこ）
神奈川県に生まれ京都に育つ。『小さなジュンのすてきな友だち』（あかね書房）で児童文芸新人賞、『まぼろしの忍者』（小峰書店）で日本児童文芸家協会賞、『そして、カエルはとぶ！』（国土社）で、赤い鳥文学賞、『ぼくらは「コウモリ穴」をぬけて』（あかね書房）で産経児童出版文化賞大賞を受賞。その他、『かくれ森の木』（小峰書店）、『風になった忍者』『うさぎの庭』（共にあかね書房）、『秘密のゴンズイクラブ』（国土社）、『ゆらゆら橋からおんみょうじ』（佼成出版社）など多数。

曽我　舞（そが まい）
岐阜県に生まれる。三重大学教育学部美術科卒業。美術の高校教員を経て、絵本、イラストレーション、さし絵などを手がける。
広瀬寿子著のさし絵は、この他に『風になった忍者』（あかね書房）、『ねこが一ぴきやってきた』（国土社）などがある。絵本に、『パンタのパンの木』『オオカミのクリスマス』（共に小峰書店）など。現在は岐阜県在住。

子どもの文学●青い海シリーズ・22

サムライでござる

2012年10月20日　第1刷発行
2023年9月20日　第12刷発行

作／広瀬 寿子
絵／曽我 舞

発行者　川端　翔
発行所　童話館出版
長崎市中町5番21号（〒850-0055）
TEL095(828)0654　FAX095(828)0686
https://douwakan.co.jp
印刷・製本　大村印刷株式会社

198P 21.5×15cm　NDC913
ISBN978-4-88750-134-8

※この作品は、あかね書房より1989年に初版刊行されたものを、一部修正して出版したものです。